Thomas M. Meine

Die Piraten von Shan

Nach dem Original 'The Pirates of Shan'
von Harold Leland Goodwin, geschrieben unter seinem
Pseudonym 'John Blaine' aus der 'Rick Brant' Serie.

Erschienen 1958 bei Grosset & Dunlap Publishers, New York

Bibliografische Information der Deutschen Nationalbibliothek

Die Deutsche Nationalbibliothek verzeichnet diese Publikation in der

Deutschen Nationalbibliografie; detaillierte bibliografische Daten sind im Internet über http://dnb.dnb.de abrufbar.

Herstellung und Verlag:

BoD - Books on Demand , Norderstedt

August 2019

ISBN 9 783748 152262

Kapitel   Seite

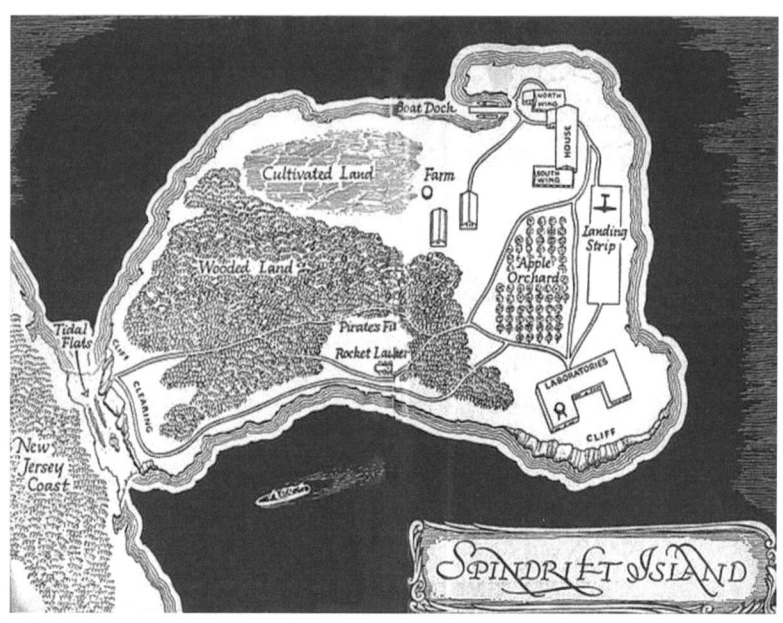

Spindrift Island, eine fiktive Insel vor der Küste von New Jersey, USA

VORWORT

Dies ist die deutsche Fassung des im Jahre 1958 erschienenen Abenteuerromans 'The Pirates of Shan', den Harold L. Goodwin unter seinem Pseudonym 'John Blaine', verfasst hat. Er ist Teil seiner lehrreichen Buchserie um den jungen Helden 'Rick Brant' und seine Freunde.

Zwei amerikanische Wissenschaftler sind im philippinischen Dschungel verschwunden und eine gefährliche Suche nach ihnen beginnt. Kein Mobilfunk, kein Internet, man hat aber das 'Neueste' dabei, das damals zur Verfügung stand. Was als 'moderne Elektronik' galt – tragbare Funksets oder Drahtaufzeichnungsgeräte, machen das Buch auch deshalb zu einem Retro-Abenteuer. Das Equipment erweist sich aber dennoch als sehr hilfreich im Kampf gegen blutrünstige Piraten, auf die sie bald stoßen werden, im Herzen der pazifischen Tropen.

Fantasiereich, für den jugendlichen Leser geschrieben, der sich wohl gerne mit den jungen Burschen identifiziert, wird auch der eine oder andere Erwachsene Gefallen an dem Abenteuerroman finden können und die durchgehende Spannung schätzen, besonders wenn man respektiert, in welcher Zeit er verfasst wurde.

Das Buch ist auch deshalb recht lesenswert, weil man viel über die Leute und das Land im pazifischen Feuerring lernt, mit interessanten Beschreibungen von Landschaften, Orten und nicht zuletzt der See und ihren vielen Inseln. Dazu erfährt man viel Wissenswertes über die verschiedenen Kulturen, was der Handlung ein sehr plastisches Bild gibt, das man immer vor Augen hat.

Die Philippinen, Handlungsort des Buches

Kapitel I

Die verschwundenen Wissenschaftler

'Wir sollten besser etwas unternehmen', sagte Rick Brant mit grimmiger Stimme, 'und wir sollten es schnell tun'. Er hob einen Stein auf und warf ihn weit hinein in das grüne Wasser des Atlantiks, doch diese Aktion half wenig, ihn von seinen Sorgen und der Angespanntheit zu entlasten.

Don Scott, mit dem Nicknamen Scotty, sagte besänftigend: 'Ich weiß wie du dich fühlst. Mir geht es ähnlich. Vergiss nicht, dass dein Vater genauso besorgt ist, wie wir es sind – vielleicht sogar noch mehr, denn er fühlt sich verantwortlich. Ansonsten glaube ich, dass wir nicht lange warten müssen, jetzt, wo Colonel Rojas bei uns ist.'

Rick wusste, dass sein dunkelhaariger Kamerad recht hatte, aber Untätigkeit, selbst unter normalen Umständen, machte ihn rast- und ruhelos; und nun, da zwei angestellte Wissenschaftler auf mysteriöse Weise verschwunden waren, wurde sein angeborenes Verlangen, die Dinge zu beschleunigen, durch die Sorge für ihre Sicherheit verstärkt.

Die *Spindrift Wissenschaftsstiftung*, mit Hauptsitz auf der bekannten Insel *Spindrift*, vor der Küste von New Jersey gelegen, wurde von den meisten Leuten als eine typische Gruppe von Wissenschaftlern angesehen, sachlich und effizient, die manchmal wichtige Entdeckungen machten oder in wissenschaftliche Abenteuer verwickelt waren. Aber das Bild der Stiftung, wie es nur durch nüchterne, akademische Arbeiten vermittelt wurde, war meist falsch.

Die forschungsmäßige Leistungsfähigkeit und die Zielsetzungen von *Spindrift* konnten nicht angezweifelt werden. Was die Öffentlichkeit aber meist nicht genügend würdigte, waren die Mitarbeiter. Angeführt von dem Wissenschaftler und Vater von Rick Brant, war es mehr eine Familie als eine Gesellschaft.

Das Zentrum der Aktivitäten war das große Brant Haus und die angrenzenden Laboratorien auf der Insel *Spindrift*. Die Wissenschaftler waren nicht nur Kollegen, sondern enge, persönliche Freunde.

Als Folge dessen war das gesamte Personal der Stiftung besorgt, als der Zoologe Dr. Howard Shannon und der Archäologe Dr. Anthony 'Tony' Briotti nicht pünktlich von einer Expedition in die Sulusee zurückkamen. Alle Arbeiten wurden unterbrochen, während die Angestellten rätselten, was passiert sein konnte und was sie unternehmen sollten.

Rick Brant und sein Kumpel Scotty waren besonders aufgeregt, als die Zeit vorbeiging und Hartson Brant keine Entscheidung bezüglich einer Vorgehensweise fällen konnte. Rick wusste natürlich, dass sein Vater logisch vorging und Informationen von den Philippinen über Telegramme und Telefon erhalten hatte, aber er ärgerte sich über die bereits vorüber gegangenen Tage.

'Ich bin froh, dass Rojas hier ist', sagte Rick. 'Das bedeutet sicherlich, dass mein Vater sich jetzt entschieden hat. Und du weißt auch, was ich dabei hoffe, ist es nicht so?'

'Natürlich! Das würde ich mir auch wünschen, sagte Scotty, aber erhoffe dir nicht zu viel. Vielleicht wird dein Vater beschließen, dass das eine Arbeit für Profis ist und nicht für uns.

Hartson Brant war erst vor einigen Minuten von einem eiligen Abstecher rüber nach New York zurückgekommen. Er hatte Colonel Felix Rojas von der philippinischen Polizei mitgebracht. Der großgewachsene, schlanke Beamte, war derzeit zur Delegation seines Landes bei den Vereinten Nationen abgestellt. Er war ein alter Freund, was bis zu dem Abenteuer mit dem goldenen Schädel zurückging, als Rick, Scotty, Chahda und Tony Briotti zu den fabelhaften Reisterrassen von Ifugao gereist waren.

Der Colonel hatte ein verspätetes Mittagessen mit Dr. und Mrs. Brant. Ricks Vater hatte höflich, aber bestimmt, darauf hingewiesen, dass die beiden jungen Männer die Angelegenheit mit den vermissten Wissenschaftlern nicht zur Sprache bringen, bis der Colonel mit dem Essen fertig war. Dr. Brant hatte versprochen, sie dann zum Meeting zu rufen, was direkt nach dem Essen stattfinden sollte. Beide Burschen warteten so ungeduldig darauf, dass die Sitzung endlich beginnt, dass es ihnen so erschien, als würden die anderen unangemessen lange brauchen, ihr Mahl einzunehmen.

'Rick, Scotty, kommt in die Bibliothek.'

Nach diesem Ruf von Hartson Brant machten sich die jungen Kerle flugs auf den Weg und rannten von der Ufergegend zum großen Brant Haus. Als sie eintraten, kam Hobart Zircon gerade die Treppe von seinem Zimmer herunter. Der angesehene Nuklearphysiker grüßte sie mit einem kameradschaftlichen Winken. 'Also, ihr beiden seid auch bei dem Meeting anwesend, ja? Ich glaube, wir werden unsere Kräfte wieder vereinen.'

Zircon war bei vielen Abenteuern der beiden Burschen dabei gewesen. Mehr als einmal, wurden sie durch seine enorme Größe und legendäre Stärke, aus kniffligen Situationen geholt. Der Physiker war deutlich über eins fünfundachtzig und wie ein Kampfstier gebaut. Er hatte auch eine donnernde Stimme, die seiner körperlichen Erscheinung entsprach.

Hartson Brant stellte Zircon dem Colonel Rojas vor, winkte die Gruppe zu den Stühlen und kam zur Sache. Er wandte sich an den philippinischen Beamten: 'Lassen Sie mich im Namen aller sagen, wie sehr wir in ihrer Schuld stehen, dass Sie ihr Büro, auf so kurze Ankündigung hin, verlassen haben, damit wir von ihren Empfehlungen und Ratschlägen profitieren können.'

'Das ist kein Problem. Wenn ich behilflich sein kann, würde es mich freuen. Vielleicht erzählen Sie alles von Anfang an, das wird die Dinge besser erklären.'

Der Wissenschaftler nickte zustimmend. 'Ich werde das gerne tun. Wie ich Ihnen schon auf dem Weg hier herüber gesagt habe, vermissen wir zwei unserer Mitarbeiter. Sie kennen einen von ihnen – Dr. Anthony Briotti. Der andere ist Dr. Howard Shannon, unser Zoologe. Tony, wie Sie wissen, ist der Archäologe. Sie sind vor mehreren Wochen zu einer gemeinsamen Expedition in die Sulusee aufgebrochen, um neue Hinweise für die Theorie der Wanderbewegungen der frühen Völker im Pazifikraum zu finden.

Hobart Zircon fügte hinzu: 'Wir haben vor einiger Zeit mit dieser Theorie auf einer Reise zu einer Insel im Westpazifik begonnen. Dr. Briotti hatte diese Arbeit während der Expedition zu den Reisterrassen fortgeführt. Ich denke, Sie haben ihn damals getroffen.'

'Das habe ich', sagte Colonel Rojas zustimmend. 'Wie ist die derzeitige Expedition mit ihrer vorherigen Arbeit verbunden? Die Kombination von einem Archäologen und einem Zoologen erscheint ungewöhnlich.'

'Tony hat festgestellt, dass der Ursprung der Bajaus, die Seezigeuner von Sulu, von Bedeutung sein könnte', erklärte Hartson Brant. 'Darüber hinaus wollte er Genaueres über die Bagobokultur herausfinden. Dr. Shannon hoffte, einige Hinweise beisteuern zu können, die auf frühen Wanderungen einiger Tiere vom asiatischen Festland auf die Inseln basieren.'

Colonel Rojas nickte. 'Ich verstehe. Die Anwesenheit einiger Tiere könnte darauf hinweisen, dass eine Landbrücke zwischen Sulu und dem Festland existiert hat, über die manche Urvölker eingewandert sein könnten.'

'Genau. Ich bin sicher, dass Sie auch wissen, dass unsere Mitarbeiter mit Dr. Remedios Okola von der Universität der Philippinen zusammenarbeiten. Von ihm haben wir erfahren, dass unsere Freunde verschwunden sind, nachdem sie es versäumt hatten, eine wichtige Verabredung einzuhalten.'

'Kennen Sie ihre Reiseroute?'

'Ja. Sie sind nach Manila geflogen und haben einige Tage mit Dr. Okola verbracht. Bei dieser Gelegenheit hatte er sie dazu überredet, ihre Pläne zu ändern, damit sie noch lange genug in Manila verweilen konnten, um ihn auf einer Reise zu den Reisterrassen zu begleiten. Sie flogen nach Zamboanga, mieteten irgendein Boot, und segelten nach Davoa über Cotabato. Sie sollten es in Davao zurücklassen und nach Manila zurückfliegen, um die Reise mit Okola zu machen. Danach würden sie nach Davao zurückkommen und das Boot wieder nehmen, um in die Sulusee zu gehen.' Die Lippen des Wissenschaftlers zogen sich zusammen, als er hinzufügte: 'Sie haben ihre Verabredung mit Okola niemals eingehalten!'

'Was hat Okola daraufhin getan?'

'Er hat sich an die Polizei gewandt und gebeten, Nachforschungen anzustellen. Dabei dachte er noch, dass sie sich verspätet haben könnten. Die Polizei von Davao hat einen Bericht geschickt, dass Shannon und Briotti ihr Ziel Davao erreicht haben und einen Lastwagen bestellt hatten, der sie nach Bagobo Stadt bringen sollte. Der Lastwagenfahrer hatte sie an einen Fußpfad zur Stadt abgesetzt. Seitdem hat sie niemand mehr gesehen.'

Rojas rieb sich gedankenvoll sein Kinn. 'Haben Sie etwas vom amerikanischen Konsulat in Manila gehört?'

'Ja, am Telefon, am gleichen Tag, an dem ich mit Okola gesprochen hatte. Das Konsulat hatte ihre Regierung um Hilfe gebeten. Gestern jedoch, habe ich ein Telegramm erhalten, in dem steht, dass auch eine zweite Untersuchung nichts Neues ergeben hatte.

Er scheint so, dass unserer beider Regierungen alles getan haben, was sie können; aber sicherlich dürfen wir es nicht dabei belassen. Ich habe deshalb entschieden, Dr. Zircon zusammen mit Rick und Scotty loszuschicken, um die Jagd nach unseren Freunden aufzunehmen.

Rick und Scotty warfen sich Blicke der Erleichterung zu. Das war es, was sie erhofft und erwartet hatten.

Der Colonel nickte. 'Ich hatte bisher noch nicht das Vergnügen Dr. Zircon zu treffen, aber ich habe Rick und Scotty in Aktion erlebt. Sie sind einfallsreich und sie haben Glück – zwei notwendige Voraussetzungen für eine Expedition wie diese. Planen Sie auch ihren Hindu-Freund Chahda einzusetzen?'

'Ja', sagte Hartson Brant. 'Ich habe ihm, über seine Organisation, ein Telegramm geschickt, er hat aber noch nicht geantwortet.'

Rick lehnte sich angespannt nach vorne. Er hatte vor einigen Tagen vorgeschlagen, Chahda um Hilfe zu bitten, aber sein Vater wartete zu dieser Zeit noch auf eine Nachricht vom amerikanischen Konsulat. Chahda, einst ein Bettlerjunge aus Bombay, wurde ein enger Freund, seit der Expeditionsreise in Tibet. Er war ein echter Zauberer, wenn es darum ging, Informationen zu bekommen.

Chahda war nun ein Verbindungsassistent und Sekretär des obersten Agenten von JANIG, der Geheimorganisation, die mit dem Schutz der am strengsten gehüteten Geheimnisse der Vereinigten Staaten beauftragt war.

Der Chef des jungen Hindu, Carl Bradley, war ein alter Freund von Hartson Brant. Rick wusste, dass Bradley Chahda sofort freistellen würde, wenn Hilfe für *Spindrift* benötigt wurde, nicht nur wegen der Freundschaft zu den Brants, sondern weil die Wissenschaftler von der Insel einmal dabei behilflich waren, einen Fall für den Fernostagenten zu lösen.

Chahda würde bei der Suche nach den verschollenen Forschern von besonderem Wert sein, denn er kannte sich gut auf den Philippinen aus und hatte auch Freunde dort. Es erschien Rick so, dass sein Vater Chahda per Adresse von Bradley kontaktiert hatte, über den *Spindrift* Kontaktmann bei JANIG – Spezialagent Steve Ames.

Colonel Rojas steckte sich eine Manila Zigarre an und lehnte sich im Stuhl zurück. 'Lasst uns zuerst einmal über die Gegend reden, wo eure Freunde verschwunden sind. Davao ist auf der Insel Mindanao, die größte in den Philippinen. Es ist eine ruhige Region, zumindest die meiste Zeit über, obwohl wir dort eine Mischung aus Moros, Christen und Heiden haben.'

Rick kannte die Moros, philippinische Einwohner moslemischen Glaubens. Sie waren als tapfere und mörderisch kämpfende Männer bekannt. Die Heiden waren primitive Völker, wie die Bagobos.

'Davao ist eine große, halbwegs moderne Stadt. Aber wenn man sich außerhalb des engeren Stadtbezirks befindet, wird das Land wild. Einige der Bagobo Dörfer liegen nahe bei Davao. Die Einwohner dort sind friedlich und ziemlich harmlos, aber es gibt Wilde im Hinterland, die es unter Umständen nicht sind.'

'Vielleicht sollten wir Waffen mitnehmen', sagte Zircon.

'Das würde ich auch vorschlagen', stimmte Lacson zu. 'Zumindest ein Gewehr und irgendeine Handwaffe.'

Scotty meldete sich zu Wort: 'Ich kann mein Gewehr mitnehmen.'

'Und ich kann mir die Fünfundvierziger Automatik von Hartson borgen', fügte Zircon hinzu.

'So ist es gut', stimmte der Colonel zu. Ihr könnt euch auch immer an die Polizei wenden und um Hilfe bitten. Ich werde euch Schreiben mitgeben, die an alle kommandierenden Offiziere in der Gegend gerichtet sind.'

Rick wusste, dass dies viele Türen öffnen würde, denn Rojas war nicht nur ein ehemaliger Kommandant bei der Polizei, sondern auch sehr beliebt bei der ganzen Truppe.

'Was sollen wir anziehen, Colonel?', fragte Rick.

'Ich vermute, ihr nehmt das Flugzeug. Das bedeutet wenig Gepäck zum Mitnehmen. Ein Tropenanzug und der Rest feste Kleidung wäre mein Vorschlag.'

Scott änderte das Thema. 'Sir, haben Sie irgendeine Idee, was unseren Freunden passiert sein könnte?'

Der Offizier zuckte mit den Achseln. 'Keine andere, als ihr auch haben würdet. Wissenschaftler sind im Allgemeinen nicht reich genug, um sie auszurauben, aber wiederum nicht so arm, dass sie ungeschoren davonkommen. Ein Raubüberfall ist immer möglich, obwohl unwahrscheinlich, mit einer Ausnahme. Hatten sie irgendwelche Waffen dabei?'

'Shannon hatte einen Jagdbogen und Pfeile', antwortete Mr. Brant. Er hatte geplant, einige Exemplare wilder Tiere mitzubringen. Briotti führte keinerlei Waffen mit sich.'

'Dann schließt das die einzige Möglichkeit eines Raubüberfalls aus, an die ich denken kann. Wenn sie gut bewaffnet gewesen wären, hätten sie die Moros vielleicht angegriffen, um an ihre Waffen zu kommen. Die Moros lieben Waffen aller Art und würden unter Umständen dafür töten, um sie zu bekommen– ein Punkt, an man denken sollte.'

Rick schüttelte seinen Kopf. 'Es ist schwer, sich vorzustellen, warum ihnen irgendjemand ein Leid antun sollte – falls man es überhaupt getan hat. Ich denke, wir gehen besser sobald als möglich nach Mindanao. Wann brechen wir auf, Vater?'

'Morgen Nacht, mein Sohn. Ich habe die Reservierungen für euch vorgenommen, während ich in New York war.'

'Werden wir spezielle Ausrüstung mitnehmen?', fragte Scotty.

Rick hatte selbst an diesen bestimmten Punkt gedacht. 'Ich plane die *Megabuck* Funkgeräte mitzunehmen. Sie werden nützlich sein, wenn wir uns trennen müssen.'

Ein kleines Netzwerk von drei Miniaturfunkeinheiten, Sender und Empfänger in einem, waren eine unschätzbare Hilfe gewesen, als man eine Gruppe von ausländischen Agenten stellen konnte, die Pläne der Vereinigten Staaten für Interkontinentalraketen stehlen wollten.

Der ungewöhnliche Name *Megabuck* [Buck = Dollar] wurde aus einem Scherz heraus geboren, den sich Rick, im Zusammenhang mit einem Quizprogramm im Fernsehen, genannt *'Million Bucks'* [eine Million Dollar], ausgedacht hatte. Zwei der Sets waren im Taschenformat, und hatten Kopfhörer wie bei einer Hörhilfe. Das dritte wurde in einer Form eines verzierten Haarbands gemacht, das für Ricks Schwester Barby gedacht war. Das winzige Mikrofon arbeitet mit Klanginduzierung durch die Schädelknochen. Der Kopfhörer war in eines der Enden des Bandes eingearbeitet.

Zircon und Scotty waren sich einig, dass die Funkeinheiten gut zu gebrauchen sein würden, und der Physiker fügte hinzu: 'Ich habe ein batteriebetriebenes Drahttongerät, dass ich für die Aufzeichnung von Notizen benutze. Ich werde das mitnehmen. Es könnte sich als wertvoll erweisen, Gespräche für spätere Übersetzungen aufzuzeichnen.

'Eine gute Idee', stimmte der Colonel zu. 'Der lokale Dialekt wird Chebucano genannt. Natürlich sprechen viele Leute Englisch. Habt ihr einen Atlas? Ich denke, es wäre nützlich, wenn wir uns eine Karte von Mindanao und des Sulu Seegebiets ansehen.'

Das Studium der Karte war sehr hilfreich. Die drei sogen das Wissen und die Informationen über die Gegend auf, die Colonel Rojas parat hatte. Sie kannten zwar die Philippinen durch andere Abenteuer, aber das war ein spezieller Teil dieser Welt, den keiner von ihnen zuvor gesehen hatte und sich, ein paar Grad über dem Äquator, in den tiefsten Tropen befand. Westlich von Mindanao war die Sulusee, mit der Celebessee in der südlichen Richtung. Die weit verstreuten Zentren der Zivilisation hatten berühmte, die Fantasie anregende Namen wie Jolo, Tawi Tawi, Cotabato und Zamboanga.

Später diktierte der Filipino-Offizier Ricks Schwester Barby die Einführungsschreiben.

Barby war ein blondes Mädchen, ein Jahr jünger als ihr Bruder. Sie schrieb das Diktierte direkt in die Schreibmaschine. Als die Briefe unterschrieben und an Dr. Zircon ausgehändigt waren, begleitete Hartson Brant den Colonel auf das Festland, wo bereits Vorbereitungen getroffen wurden, damit ihn ein örtliches Taxi zurück nach New York bringt. Rojas bemerkte beim Abschied: 'Diese Angelegenheit bereitet mir Sorgen. Ich bin sehr an den weiteren Entwicklungen interessiert, und ihr werdet eher von mir hören, als ihr denkt.'

Scotty und Rick trafen sich danach im Zimmer von Rick und unterhielten sich, während sie die Funkgeräte mit frischen Batterien versorgten.

'Ich würde gerne wissen, wie lange es dauern wird, bis wir von Chahda hören', fragte Rick.

'Das hängt davon ab, wo er ist und wie schnell Steve Ames eine Nachricht zu ihm bringen kann. Er wird mit uns kommen, wenn er kann. Darauf kannst du wetten.'

'Das hoffe ich doch', sagte Rick gedankenvoll. 'Wir werden in ein paar Tagen in Manila sein, und wir brauchen ihn. Wir haben einen Job vor uns, denn Tony und Shannon sind nicht verloren gegangen, da kannst du dir sicher sein. Sie sind nicht von der Art, die verloren geht. Und wenn sie in irgendeinen Unfall verwickelt gewesen wären, hätten wir davon gehört.'

'Was soll das heißen?'

Ricks Augen trafen die von Scotty. 'Das lässt nur eine logische Antwort zu, nicht wahr? Sie wurden entweder getötet oder gefangen genommen.'

Kapitel II

Der Hindu Händler

Sechsunddreißig Stunden später – nach einem aufreibenden Trans-Pazifik Flug, mit nur sehr kurzen Aufenthalten, um das Flugzeug zu wechseln, waren Rick, Scotty und Zircon in Manila.

Als sie erst drei Stunden in der Stadt waren, hatten sie bereits das amerikanische Konsulat besucht und herausgefunden, dass es keine neuen Nachrichten bezüglich der vermissten Wissenschaftler gab.

Sie hatten auch einen Termin zum Mittagessen mit Dr. Okola vereinbart und Sitze auf dem Philippine Airlines Flug nach Davao, am nächsten Morgen, gebucht.

Rick lief umher und trank ein Glas mit frischer Limonade, die mit *Calamansi,* den winzigen, scharfen lokalen Limonen hergestellt wurde.

Er hatte die letzten drei Tage damit verbracht, abwechselnd zu dösen und über das Problem der vermissten Wissenschaftler nachzudenken. Je mehr er sich über deren seltsames Verschwinden Gedanken machte, umso besorgter wurde er.

'Es gibt überhaupt keinen Grund dafür', sagte er laut vor sich hin.

Scotty schaute von seinem Stuhl auf, wo er Platz genommen hatte und die *Manila Times* las. Dem stattlichen Burschen musste man nicht erklären, was sein Freund dachte.

'Es gibt kein Motiv, das wir erkennen können', stimmte er zu. 'Dennoch muss es irgendeinen Grund geben.'

Hobart Zircon sprach von dem Schreibtisch aus, an dem er gerade eine Notiz an Hartson Brant schrieb: 'Du wirst dich vielleicht erinnern, Rick, dass wir schon auf anderen Expeditionen waren, wo die Gründe für bestimmte Ereignisse genauso verwirrend waren, wie jetzt.'

Rick kannte diese Art von Vorfällen, welche der Physiker meinte. Nur wenige Meter von genau diesem Zimmer entfernt, als sie schon einmal in Manila waren, in der Stadt, mit ihren antiken Mauern, gerieten er und Scotty unter den Beschuss von Gewehrfeuer, für einen Grund, den sie zu diesem Zeitpunkt nicht haben erahnen können.

'Hört euch das an', sagte Scotty plötzlich. Er las aus der Zeitung: 'Das amerikanische Konsulat hat heute bekannt gegeben, dass drei Mitglieder der *Spindrift Stiftung* in Manila angekommen sind, um sich auf die Suche nach den amerikanischen Wissenschaftlern zu machen, die vor Kurzem als vermisst gemeldet wurden. Die Forscher sind nördlich von Davao verschwunden. Ende der Nachricht.'

'Das ist kurz und präzise', war der Kommentar von Rick, ein wenig bitter. 'Sie kümmern sich offensichtlich nicht besonders um zwei vermisste Amerikaner, ist es nicht so?'

'Und es ist erst auf Seite siebzehn', fügte Scotty hinzu. Er schlug wieder die erste Seite der Zeitung auf und sagte: 'Jetzt schaut euch diese Schlagzeile an.'

Über die gesamte Titelseite hinweg prangte folgende Schlagzeile: 'WO IST ELPIDIO TORRES?'

'Wer ist das?', fragte Rick.

'Ein Filipino Kind. Er ist, weggelaufen verloren gegangen oder wurde entführt. Keiner weiß genau, was passiert ist. Sein Vater ist eine große Nummer im Zuckergeschäft und ein Politiker. Das Kind ist schon seit Wochen weg, aber die Zeitung bringt es immer noch, oben auf Seite eins.'

Rick schniefte. 'Schlagzeilen für einen Filipino-Jungen und die Seite siebzehn für zwei amerikanische Wissenschaftler. Ein ziemlicher Gegensatz!'

Hobart Zircon klebte eine Marke auf den Brief und kam rüber zu den jungen Männern.

'Du siehst das nicht richtig, Rick. Nimm mal an, zwei philippinische Wissenschaftler wären in den Rocky Mountains verloren gegangen, und der Sohn eines tonangebenden amerikanischen Bürgers würde vermisst. Wie würden unsere eigenen Zeitungen damit umgehen?'

Rick musste grinsen. 'Der Schwerpunkt würde wohl auf den heimischen Jungen gelegt, nehme ich an. Sie haben recht, Professor. Ich bin nur verärgert. Ich hatte gehofft, dass etwas mehr vom Konsul gekommen wäre, heute Morgen.'

Der Vizekonsul, der mit diesem Fall betraut wurde, konnte nichts hinzufügen, was sie selbst nicht wussten; dennoch hatten sie die vage Hoffnung, mehr Informationen zu bekommen. Der amerikanische Botschafter hatte Zusicherungen von der philippinischen Regierung erhalten, dass man der *Spindrift* Suchmannschaft jede mögliche Hilfe gewährt und dass die Polizei ihre Jagd nicht aufgeben würde. Mehr konnte man nicht tun. Das amerikanische Konsulat hatte keine Mittel und Ressourcen, mit denen man eine Suche durchführen konnte.

'Kommt mit', sagte Zircon, 'es ist Zeit für das Mittagessen. Dr. Okola wird in ein paar Minuten bei uns sein.'

'Nun gut', sagte Rick, 'aber ich wünschte mir, dass wir mit unserer Suche beginnen oder jemanden finden könnten, der uns hilft. Selbst Chahda hat sich nicht blicken lassen, und wir haben auch keine Nachricht von meinem Vater.'

Als sie hinunter ins Speisezimmer gingen, bemerkte Scotty, dass Chahda vielleicht schwer zu erreichen sei. 'Alles, was wir wissen ist, dass er sich inmitten von Malaysia befindet, oder an irgendeinem anderen Ort. Er würde kommen, wenn er könnte, Rick.'

Rick wusste, dass Scotty recht hatte. Chahda hatte seine Loyalität und Freundschaft mehr als einmal bewiesen. Deshalb hoffte er, dass er noch kommen würde. Der junge Hindu, mit seiner Bildung, die er sich aus seinem Welt-Almanach angeeignet hatte, würde eine große Hilfe sein.

Chahda hatte sich nicht nur sämtliche Dinge in diesem Buch gemerkt, er schien auch einen sechsten Sinn für Menschen und Orte zu haben, was stets eine Quelle der Verwunderung für Rick und Scotty gewesen war.

Das Mittagessen mit Dr. Okola war angenehm, obwohl es zu einem Fortschritt, hinsichtlich der Suche, nichts beitragen konnte. Rick und Scotty erinnerten sich an die *Goldener Schädel*-Expedition mit dem philippinischen Archäologen und genossen die Zeit. Sie trennten sich unter der Zusicherung von Dr. Okola, dass er bereit war, in jeglicher Weise zu helfen.

Als Rick nach dem Essen die Tür des Raumes öffnete, sagte er: 'Ich denke, es ist nun an uns…' Er hielt mit einem Freudenschrei inne, als die Tür aufschwang. Am Fenster saß jemand, der auf sie wartete, ein schlanker, dunkelhäutiger Bursche mit einem Turban. Chahda!

Der junge Hindu schubste sie vor Freude, dann schüttelte er die Hände von Zircon. 'Es ist gut, wenn sich alte Freunde treffen', rief Chahda aus, 'sogar unter solch unglücklichen Umständen.'

'Warum hast du nicht telegrafiert?', fragte Rick. 'Wir hatten gedacht, dass JANIG in der Lage sei, dir die Nachricht zukommen zu lassen.'

'Ich war mit meinem Boss Carl Bradley in Singapur', erklärte Chahda. 'Als die Nachricht kam, sagte er, ich solle gehen und meinte, ›in der Zeit, die es braucht, ihnen eine Antwort schicken, bist du auch schon da‹. Er hatte recht. Ich war vor euch hier, schon seit zwei Tagen.'

'Seit zwei Tagen!', rief Scotty aus. 'Was hast du gemacht?'

Chahda verbeugte sich. 'Scotty, sei ein wenig respektvoller. Du sprichst jetzt mit Raman Sunda, einem Stoffverkäufer.'

'Ich werde dir den entsprechenden Respekt erweisen', sagte Scotty mit einem Grinsen. 'Meintest du wirklich Stoffe?'

'Ja, Tücher, Textilien', antwortete Chahda.

'Textilien', bei dem Wort dröhnte Zircons Stimme. 'Chahda, was um alles in der Welt hat ein Hindu-Textilhändler mit dem Auffinden von Briotti und Shannon zu tun?'

'Sehr viel, Professor. In diesem Land gibt es viele Hindus wie mich, die Textilien verkaufen. So kann ich reisen und mich umhören.'

Rick hatte immer noch nicht verstanden. 'Aber warum, Chahda?'

'Wir haben doch eine gemeinsame, gedankliche Basis, die du so schätzt, Rick. Das ist ein Land, wo Menschen mit brauner Haut wohnen, wie ich. Manche Leute werden nur mit mir sprechen und nicht mit dir. Ich gehe allein nach Davao, auf der Insel von Mindanao. Im Almanach steht, dass es eine große Stadt ist, mit 111,263 Einwohnern. Manche dort, könnten etwas wissen. Meine Freunde hier haben mich zu einem Freund in Davao geschickt. Er kann behilflich sein, Leute zu treffen, die vielleicht von Nutzen sein können. OK?'

'Ich hätte es wissen sollen', sagte Rick mit Bewunderung. 'Man muss es wirklich dir überlassen, Nachrichten auszugraben.'

Chahda zwinkerte. 'Die Hindus sind bekannt für ihre Ideen. Ich gehe also heute Nacht nach Davao. Ihr kommt doch auch? Bleibt dort im Apo View Hotel. Das ist sehr gut, ich war selbst schon da. Wir sollten uns aber für eine Weile nicht kennen, denke ich. Ich komme deshalb mit einem speziellen Schlüssel zu euren Zimmern. Den hat mir mein Boss gegeben; er öffnet viele Türen.'

'Es ist besser, wenn ich zuerst alleine arbeite.'

Scotty fragte, 'wie viel weißt du über das Verschwinden unserer Freunde, Chahda?'

Der junge Hindu begann mit einer knappen und präzisen Schilderung. Rick war nicht überrascht, als er herausfand, dass Chahda bereits alles wusste, was sie herausgefunden hatten.

'Du verblüffst uns immer wieder', dröhnte Zircons Stimme erneut.

Rick ging zu seinem Koffer und nahm ein Gerät des *Megabuck* Funknetzwerks heraus, und zwar das, welches er für Barby gemacht hatte. Er erklärte Chahda dessen Funktionen, der es sofort unter seinem Turban verschwinden ließ, wo niemand es sehen konnte.

'Sahib [indische Anrede für Herr] Brant hat das sehr schlau gemacht', kam die singende Stimme von Chahda. 'Der arme, eingeborene Junge salutiert dem mächtigen Wissenschaftler!'

Dann duckte sich Chahda schnell weg, als Ricks Arms nach ihm greifen wollte.

Dr. Zircon war zu seinem eigenen Koffer gegangen. Er kam mit seinem Drahttongerät in Taschengröße zurück und übergab es an Chahda. 'Ich habe dies gekauft, um Unterhaltungen in ausländischen Sprachen zur späteren Übersetzung aufzuzeichnen. Ich denke, du wirst die Leute mehr zum Reden bringen, als wir es könnten. Es macht Aufzeichnungen von einer Stunde, mit einer einzigen Spule.'

Chahda nahm den Apparat und prüfte dessen Funktion. Rick war amüsiert zu sehen, dass der 'arme, eingeborene Junge' in etwas weniger als eine Minute herausgefunden hatte, wie er funktioniert und ihn lässig in die Tasche seines Umhangs steckte.

'Wir treffen uns in Davao', sagte Chahda. Er schüttelte allen die Hände und blieb dann an der Tür stehen. 'Bitte, ihr guten Freunde, ich bemerke, dass ihr sehr besorgt seid. Wir werden Tony und Dr. Shannon finden, ihr werdet es sehen.' Dann öffnete er die Tür und war weg.

Rick stieß einen Seufzer der Erleichterung aus. 'Ich fühle mich besser', sagte er. 'Nur die Tatsache, dass ich ihn gesehen habe, gibt mir schon ein gutes Gefühl.'

'Dem stimme ich zu', sagte Zircon', und ich glaube auch Scotty. Jetzt lasst uns einen Stadtbummel machen. Ich war seit zwanzig Jahren nicht mehr im Zentrum von Manila. Wir werden uns nur sorgen und grämen, wenn wir in diesem Hotelzimmer bleiben, lasst uns deshalb gehen.'

Die drei fuhren mit dem Taxi durch die alten Stadtmauern hindurch und über den Pasig Fluss hinweg, in das eigentliche Manila. Sie besichtigten die Escolta, eine der wichtigsten Straßen im Einkaufsviertel, und wollten sich dann zum Quiapo Square begeben, um die Kathedrale und die Geschäfte zu sehen.

Der Verkehr war so stark, dass sie den Taxifahrer bezahlten und zu Fuß weitergingen.

Als sie die Fußgängerbrücke bei der Kathedrale überquerten, sagte Scotty leise: 'Wenn ihr euch vernachlässig fühlt, könnt ihr anhalten. Man verfolgt uns.'

Rick und Zircon waren zu erfahren, um jetzt einen Halt einzulegen oder Interesse zu zeigen. Scotty fügte hinzu: 'Da gibt es eine ziemlich große Menschenansammlung auf dem Bürgersteig, wenn wir von dieser Brücke herunterkommen. Drängt euch direkt hinein. Ich werde mich von euch trennen und ihn abfangen. Wenn man uns an den Fersen hängt, will ich wissen warum.'

Der Plan wurde reibungslos durchgeführt. Rick bemerkte nicht, wann Scotty in einen bequemen Hauseingang verschwand. Nach einem Moment hielt er inne und schaute sich um. Es war gerade rechtzeitig, als Scotty aus dem Eingang hervortrat und einen kleinen, schäbig angezogenen Mann zur Rede stellte, der einen roten Fez trug.

Unmittelbar waren Rick und Zircon an Scottys Seite.

Der Mann mit dem roten Fez griff in eine Tasche und Rick war bereit einzugreifen, falls es notwendig sein sollte. Der Mann zog aber nur eine Pillendose heraus. *'Gute Kauf für Amerikaner', rief er aus. 'Ich Moro von Sulu. Mein Cousin bester Perlentaucher in Jolo. Er hat echte Perlen, ich verkaufen. Sie sehen.'*

Er öffnete die Pillendose. Rick sah ein halbes Dutzend Perlen in verschiedenen Größen.

'Wir sind nicht interessiert', sagte Zircon kurz. 'Kommt Jungs, wir gehen weiter.'

Sie ließen den Moro hinter sich, der ihnen nachstarrte.

Zircon lachte ein wenig. 'Das ist eine normale Sache, die ich von früher kenne. Ich erinnere mich auch, dass die meisten der perlenverkaufenden Moros in Manila nicht echt sind. Sie sind Visayaner aus Cebu, die versuchen falsche Perlen and Touristen zu verkaufen [die Visayans = eine der drei Inselgruppen des philippinischen Staates, Cebu = eine der Inseln in dieser Gruppe].

'Er hat uns aber verfolgt', insistierte Scotty.

'Das bezweifele ich nicht im Geringsten', antwortete Zircon. 'Er wollte wahrscheinlich nur feststellen, ob wir Touristen oder hier ansässige Amerikaner sind. Verfolgt er uns noch?'

Scotty nutzte eine Schaufensterscheibe, um die Straße hinter ihm zu untersuchen. 'Nichts, was ich sehen kann', gab er zu.

'Nun gut, lasst uns nicht nervös werden, Jungs. Natürlich wollen wir wissen, ob und warum uns jemand beschattet. In diesem Fall haben wir die Antwort. Lassen wir es dabei bleiben.'

Kapitel III

Im Bagobo Land

Um zehn Uhr, am folgenden Morgen, wurden Rick und seine Freunde auf einer sich windenden und holprigen Straße in den Ausläufern von Mindanao durchgeschüttelt. Sie sind im Morgengrauen aufgestanden und haben dann einen Flug nach Davao mit Philippine Airlines, kurz PAL genannt, genommen. Nach der Ankunft haben sie im Apo View Hotel eingecheckt und keine Zeit verloren, das lokale Polizeihauptquartier aufzusuchen.

Major Paulo Lacson, verantwortlich für die Abteilung, hatte sofort zwei Jeeps bereitgestellt. Noch bevor die *Spindrifter* es realisiert hatten, waren sie quasi aus der Stadt heraus gewirbelt worden und auf dem Weg zu dem Punkt, wo Briotti und Shannon verschwunden waren. Der Brief von Colonel Rojas hatte in der Tat Wunder bewirkt.

Rick starrte auf die tropische Landschaft und den Gipfel des Bergs Apo, ein aktiver Vulkan und fast dreitausend Meter hoch; er hatte aber kein Auge für Einzelheiten. In ein paar Momenten würden sie dorthin gelangen, was er als den Ausgangspunkt ihrer Suche betrachtete.

Der Major steuerte das Führungsfahrzeug, mit Zircon an seiner Seite. Rick und Scotty saßen auf den hinteren Sitzen. Im zweiten Wagen befanden sich vier bewaffnete Männer. Während der kleine Konvoi in Richtung der Stadt Calinan röhrte, erzählte Major Lacson ihnen alles, was er über den Fall wusste. Es waren die gleichen Informationen, welche die drei schon erhalten hatten, was natürlich anzunehmen war, da ihre erhaltenen Nachrichten auf den Berichten dieses Offiziers beruhten.

Rick schüttelte sorgenvoll seinen Kopf. Wenn Lacson, der offensichtlich ein intelligenter Offizier war, nicht mehr hatte herausfinden können, wie sollte das dann den Fremden gelingen?

27

Das Führungsauto fuhr an einer Abacá Plantage vorbei [Abacá = ein Bananengewächs, das als Faserpflanze für starke Seile verwendet wird], die sich, mit ihren grünen Pflanzen, kilometerweit bis zu den Gebirgsausläufern erstreckte.

'Schaut!' Scotty zeigte auf Gestelle zur Trocknung, auf denen Manila Hanffaserpflanzen, Produkte der Abacá, trockneten. Die Fasern hatten einen honigblonden Ton.

'Das ist genau die Farbe des Haares von Barby', rief Rick aus.

Major Lacson erklärte, dass Abacà nach der Farbe bewertet wird. Weiß ist das wertvollste, aber diese leichte Färbung bedeutet, dass es in Ordnung ist. 'Es wird einen guten Preis bringen', sagte er. Dann, als das Führungsauto auf der Oberseite eines Hügels war, zeigte der Major nach vorne: 'Da ist Calinan'.

Die Stadt war klein, mit Geschäften und Häusern auf beiden Seiten der einzigen Hauptstraße. Es sah alles ein wenig verschlafen aus.

Am Stadteingang fuhr Lacson an die Vorderseite eines Hauses, welches die Flagge der Republik gehisst hatte. Ein Feldwebel rannte heraus, stellte sich stramm hin und salutierte. Nach einem kurzen Befehl des Majors ging der Polizist los und kletterte in das zweite Auto.

'Juan spricht ein wenig die Bagobosprache', erklärte Lacson. 'Er kann für uns übersetzen.'

Die beiden Autos bewegten sich durch die Stadt und vorbei an einer Gruppe von farbenprächtig herausgeputzten Personen mit flachen Turbanen. 'Das sind einige Bagobos', sagte Lacson. 'Sie sind in die Stadt gekommen, um einzukaufen.'

Rick betrachtete sie mit Interesse. In den wenigen Sekunden, bevor das Auto außer Sichtweite verschwunden ist, sah er, dass diese primitiven Menschen eine helle Haut hatten und gepiercte Ohren mit herunterhängenden Schleifen. Die Männer trugen Hosen aus einem einzigen Stück Stoff, die wie Röcke gemacht waren und dann, durch die Beine gezogen, an einem verzierten Gürtel befestigt wurden. Ihre gesamte Kleidung war in hell leuchtenden Farben.

Als Calinan hinter ihnen lag, verwandelte sich die Landschaft in einen tropischen Wald, mit hoch aufragenden Lauan- und Tangile Bäumen [südostasiatische Hölzer], die Quelle des sogenannten philippinischen Mahagonis. Gelegentlich sah Rick auch Kaffee-Büsche, die unter den Bäumen wuchsen.

Dann, nur kurz hinter Calinan, war die befestigte Straße zu Ende und verjüngte sich zu nicht mehr als einem dreckigen Pfad.

Das Führungsauto steuerte über Hügel von Silberhaargras, während sich die Abenteurer festklammerten, um nicht herausgeschleudert zu werden. Schließlich, an einem kleinen, freien Platz, war die Straße vollkommen verschwunden.

'Das ist die Lichtung', erklärte Lacson, 'wo der Lastwagenfahrer Briotti und Shannon zurückgelassen hatte. Niemand hat sie seither gesehen.'

Mächtige Bäume schützten vor der Sonne, und die Luft war schwer und feucht, mit einem Geruch von tropischen Gewächsen. Überall summten die Mücken herum.

Lacson holte eine Flasche mit einem Insektenabwehrmittel hervor. 'Reibt es gut ein', forderte er sie auf. 'Ihr könnt eure Umhänge im Auto lassen, es wird eine recht warme Wanderung werden.

Rick trennte sich gerne von seinem Umhang. Sie hatten ihre Tropenanzüge an, denn Lacson war so eilig aufgebrochen, dass sie keine Gelegenheit hatten, sich umzuziehen.

Der Major gab Befehle in der Chebucano-Sprache. Zwei der Polizisten salutierten und blieben stehen. Sie sollten bei den Autos bleiben. Juan, der Polizist aus Calinan, ging voraus, als sich alle auf den Pfad begaben, der von der Lichtung aus in den Dschungel führte.

'Juan kennt den Weg', sagte Lacson. 'Er ist auch gut darin, Schlangen und Tiere aufzuspüren.'

Rick reihte sich hinter Zircon und Lacson ein. Scotty ging an seiner Seite, während die zwei anderen Soldaten am Ende liefen.

Es war ein gespenstiger Marsch, als sie sich zwischen den Pflanzen fortbewegten, die so dicht waren, dass man, auf jeder Seite des Pfads, nicht mehr als fünf Schritte weit sehen konnte.

Über ihnen war geschlossenes Blattwerk, und die Gruppe lief wie durch einen dampfenden, grünen Tunnel. Die Sonne reichte nirgends auf den Boden des Dschungels, wo blasse Pflanzen im Überfluss wuchsen.

Oben in den Bäumen gab es Leben, das man hören, aber nicht sehen konnte. Einmal erkannte Rick das Heulen von Affen. Dann, auf der Seite des Wegs, gab es ein plötzliches Zittern und eine winzige, pelzige Gestalt machte einen riesigen Satz zu einer Rattan-Ranke, um in Sicherheit zu gelangen. Rick erhaschte einen Blick auf ein affenartiges Gesicht und riesige Augen.

'Ein Koboldäffchen', bemerke Zircon. 'Shannon hatte gehofft, ein Exemplar mitzubringen.'

Rick wunderte sich, warum Shannon und Briotti auf diesem Pfad entlanggelaufen sind. Der Anführer des Bagobo-Dorfes hatte Lacson gesagt, dass die Amerikaner nicht von seinen Leuten gesehen worden sind. Sind sie vielleicht auf diesem Weg verschwunden?

Er rieb sich sein Haupt und den Hals mit einem durchnässten Taschentuch, und sie trotten vorwärts durch das grüne Dampfbad. Insekten bildeten eine Wolke um seinen Kopf herum, flogen in seine Augen und sogar in seinen Mund. Er ertrug es mit stoischer Ruhe. Für die anderen war es genauso schlimm.

Jeder, der die ausgetretenen Pfade verlassen würde, wäre ohne Kompass oder einen erfahrenen Führer hoffnungslos verloren.

Ein Mann würde in diesem dichten Bewuchs herumlaufen, bis ihn Tod, auf die irgendeine unangenehme Weise, holt. Man konnte selbst den Weg nicht mehr als ein kleines Stück voraus sehen.

Eine halbe Stunde später sah Rick, dass sich der Bewuchs in eine andere Art von Dschungelwald verwandelte, als der Pfad nach oben führte. Kurz danach betraten sie einen offeneren Wald, mit steil aufragenden Lauanbäumen, über dreißig Meter hoch. Mit seltsamen Wurzeln, die wie freie Gewölbepfeiler aussahen.

Dann machte der Wald schnell Platz für eine offene Ebene, spärlich bewachsen mit Papaya- und vereinzelten Mangobäumen.

Lacson rief, dass sie bald an ihrem Bestimmungsort sein würden. Rick rieb sich sein Gesicht und war froh darüber, endlich anzukommen. Seine Kleider hingen an ihm, als wäre er in einen wolkenbruchartigen Regen gekommen.

Trotz des Insektenabwehrmittels war er von verschiedenen Insekten gebissen worden. Doch beim Anblick des Dorfes vergaß er seine Beschwerden. Offensichtlich hatte die Zivilisation die Bagobos erreicht. Die Hütten waren aus zurecht gesägtem Holz und Zinnblech wurde für die Dächer verwendet. Er sah ein Dach, das mit einem amerikanischen Benzinschild bedeckt war.

Im Gegensatz zur eintönigen Umgebung, waren die Menschen helle Farbflecken. Sie betrachteten die Gruppe mit offener Neugier und folgten ihnen dann, als Juan auf dem Weg zum Dorfhäuptling voranging.

Der Häuptling begegnete ihnen mit ehrerbietender Höflichkeit. Rick sah, dass der Mann fast eins achtzig groß war, mit einem hageren, falkenhaften Gesicht, und die Haut war fest über die Wangenknochen gespannt. Er sah wie ein amerikanischer Indianer aus, aber seine Haut war wie die eines weißen Mannes, der sein Leben im Freien in den Tropen verbracht hat. Die Bagobos waren eindeutig von einer anderen Rasse als die Filipinos.

'Das ist ein beeindruckender Mann', flüsterte Scotty, und Rick nickte. Auch er war von dem Häuptling beeindruckt, mit einer Ausnahme. Obwohl der Bagobo frei redete, was von Juan übersetzt wurde, schauten seine Augen niemals in die eines anderen aus der Gruppe. Er blickte überall hin, nur nicht zu den Besuchern.

Das war charakterlos, dachte Rick. Dieser Mann, der offensichtlich eine Art von wildem, barbarischem Stolz hatte, sollte jedem direkt in die Augen sehen.

Die Unterhaltung ging glatt vonstatten, und Rick bemerkte, dass der Häuptling schon oft in dieser Lage gewesen war, bei Gesprächen mit der Polizei. Auf alle diesbezüglichen Fragen antwortete der Stammesführer, dass er keine Amerikaner gesehen hat, und auch seine Leute nicht. Wenn sie in das Dorf gekommen wären, müsste er es wissen.

'Das hier, bringt uns nicht weiter', sagte Zircon schließlich zum Major. 'Ich habe auch, ehrlich gesagt, nichts erwartet. Wenn da Informationen wären, die uns dieser Mann geben könnte, hätten Sie diese schon bekommen.'

Lacson zuckte mit den Schultern. 'Das ist vielleicht wahr, aber ich dachte, Sie würden das selbst überprüfen wollen.'

Rick hörte nur halb zu und bemerkte einen Bagobo, der in der Nähe stand und alles aufmerksam beobachtete. Einem Impuls folgend, ging er zu ihm und streckte seine Hand aus. Der Krieger nahm sie sofort und lächelte, und seine braunen Augen waren dabei auf die von Rick gerichtet.

Rick erwiderte das Lächeln und ging, mit gerunzelter Stirn, zurück zu seinen Freunden. Es gab da eine aufrichtige Reaktion; der Bagobo hatte direkt und offen in seine Augen gesehen.

Der Krieger schüttelte Ricks Hand und lächelte

Auf dem Weg zurück nach Davao grübelte Rick darüber nach, was es bedeutete, dass der Häuptling keinen von ihnen angesehen hatte. Erst als sie das Hotel erreichten und sich frisch machten, entschied er sich, seine Gedanken in Worte zu fassen.

'Der Häuptling hat gelogen', erklärte Rick. 'Ich kann mir nichts anderes vorstellen. Man kann sehen, dass die Bagobos eine stolze Rasse sind, auf gleicher Stufe wie irgendeine andere, und sie wissen das. Der Häuptling sollte der stolzeste von allen sein, aber stattdessen erschien er verschlagen. Er hatte keinen von uns angesehen.'

'Das ist richtig', stimmte Scotty zu. 'Er hatte seine Augen überall, nur nicht auf uns gerichtet.'

Rick nickte. 'Was noch hinzukommt, er ist eigentlich kein verschlagener Typ. Er wirkt aus wie ein wilder, alter Adler, der auf einen rennenden Elefanten herunterschaut. Er konnte aber nicht auf uns sehen, denn er hat gelogen und hat sich deshalb geschämt.'

'Du könntest damit recht haben', stimmte Zircon nach einer Weile des Nachdenkens zu. Ich habe das nicht so genau beobachtet, aber jetzt, da du erwähnst, glaube ich, dass der Häuptling seine Augen die meiste Zeit über auf den Boden gerichtet hatte. Ich stimme zu, dass dies keineswegs seinem Charakter entspricht.'

'Wenn er gelogen hat, was können wir dagegen tun?', fragte Scotty.

Rick war sich nicht sicher, hatte aber eine Idee, wie man das anpacken könnte. Etwas früher, direkt bei ihrer Ankunft, hatte er vergeblich versucht, Chahda zu kontaktieren, aber ohne Erfolg. Nun holte er eines der *Megabuck* Geräte, stöpselte sich die Kopfhörer ins Ohr und probierte es wieder.

'Chahda, hier ist Rick. Bist du auf Empfang?'

Der junge Hindu antwortete sofort, und das Signal war laut und deutlich. Er war wahrscheinlich im Hotel. 'Ich habe gewartet, Rick. Wo bist du gewesen?'

Rick umriss kurz die Aktivitäten des Tages und Chahda antwortete, dass er Zeit mit seinen indischen Kontakten verbracht hatte, aber nichts Neues in Erfahrung bringen konnte.

'OK, Rick', schloss Chahda. 'Ich werde versuchen, herauszufinden, warum der Häuptling lügt. Morgen bin ich im Bagobodorf, um Textilien zu verkaufen. Am Nachmittag bin ich zurück im Hotel.'

'Ich hoffe, du findest mehr heraus, als wir', sagte Rick.

'Chahda betonte: 'Sorgt euch bitte nicht. Das war eine gute Arbeit heute. Ein Mann, der lügt, hat vielleicht den Schlüssel zu vielen Türen.'

Kapitel IV

Das Geheimnis des Häuptlings

Am folgenden Morgen nahm Major Paulo Lacson am Frühstück der *Spindrifter* teil. Eine Stunde lang beantwortete der junge Offizier Fragen zur Region, und Rick wollte sich zurückhalten, das Thema bezüglich des Häuptlings anzusprechen, bis das Frühstück eingenommen war. Aber das wurde noch verzögert, als Scotty eine aufrüttelnde Frage stellte.

'Major, was ist mit dem Boot passiert, auf dem unsere Freunde hereingekommen sind?'

Lacsons Augenbrauen hoben sich. 'Boot? Was für ein Boot?

'Heißt das, Sie wissen nicht, dass sie mit dem Boot gekommen sind?', donnerte Zircon ungläubig.

Der Major schüttelte seinen Kopf. 'Das ist das erste Mal, dass ich von einem Boot höre. Ich hatte angenommen, sie sind mit dem Flugzeug gekommen. Die Anweisungen, die ich aus Manila bekommen habe, bezogen sich nur auf zwei vermisste Amerikaner, mit deren Namen und Beschreibung. Da die meisten Amerikaner sich in diesem Hotel aufhalten, fragte ich nach und erfuhr, dass sie ausgecheckt haben.'

'Das hat ihren Aufenthalt in Davao bestätigt. Es erschien mir nicht notwendig, zu fragen, von wo sie gekommen sind, obwohl ich aus den Anweisungen wusste, dass es Zamboango war. Später habe ich bei der Fluggesellschaft nachgefragt, um zu sehen, ob sie mit ihnen geflogen sind, aber darüber gab es keine Aufzeichnungen.'

Es war unglaublich, aber so war es nun mal.

Rick wusste, dass es die Sorte von Ausrutscher war, der oft passiert, wenn der Hintergrund, der mit den Anweisungen gegeben wird, nicht vollständig ist.

'Ich werde mich sofort darum kümmern', sagte Lacson. Haben Sie eine Beschreibung von dem Boot?

'Ich fürchte, nein. Es wurde in Zamboanga angemietet. Können Sie eine Beschreibung von dort bekommen?'

'Natürlich. Es ist seltsam, dass die Sache mit dem Boot nie ans Licht kam. Andernfalls hätte ich auch eine genaue Beschreibung ihres Moro-Führers.'

'Führer?', sagten die drei gleichzeitig. Es war nun an ihnen erstaunt zu sein. Niemand hatte eine dritte Person in der Gruppe erwähnt.

'Das habt Ihr nicht gewusst?' Lacson schlug sich mit einer Geste des Unmuts an die Stirn. 'Dieser Mangel an Kommunikation ist absurd. Ja, sie hatten einen Führer. Offensichtlich haben sie ihn in Zamboanga engagiert. Ein junger Moro, keine besonderen Merkmale, der seinen Namen mit als Azid Hajullah angegeben hat. Wir haben nicht mehr über ihn herausfinden können.'

Lacson erhob sich, um eine Nachricht wegen des Boots loszuschicken, aber Rick hielt ihn noch zurück und beschrieb eilig seine Schlussfolgerungen bezüglich des Häuptlings und die Reise von Chahda in das Bagobodorf.

Der Major kratzte sich in gedankenvoll am Kinn. 'Es ist durchaus möglich, dass Sie recht haben', sagte er schließlich. Ich habe selbst bemerkt, dass sich der alte Mann nicht wohlgefühlt hatte, habe es aber der Anwesenheit von fremden Amerikanern zugeschrieben, zusammen mit meiner offiziellen Stellung. Viele primitive Völker sind schüchtern, wenn sie sich in Gesellschaft von Amtsträgern befinden. Dennoch muss ich zustimmen, dass der Häuptling es irgendwie übertrieben hat. Wir werden sehen.'

'Ich werde Euch anrufen, wenn ich Nachrichten bezüglich des Boots habe, und vielleicht lasst ihr mich umgekehrt etwas wissen, wenn ihr von eurem indischen Freund hört.'

Nach dem Weggang von Lacson zog sich der Morgen hin. Die drei liefen die Straßen von Davao entlang und fanden, dass es eine recht moderne Stadt war, mit zwei Zeitungen, einer Radiostation und einigen guten Geschäften. Beide, Rick und Scotty, hatten das Gefühl, dass sie verfolgt wurden, aber selbst die sorgfältigste Beobachtung ergab keinen Hinweis darauf.

Nichtsdestotrotz waren sich die jungen Männer sicher, dass jemand ihre Bewegungen kannte. Wenn sie nur den unsichtbaren Verfolger zu fassen bekommen würden, könnten sie einige Informationen aus ihm herausquetschen…

Die tropische Sonne wurde heißer, als der Tag voranschritt. Die drei gingen zurück zum Hotel und saßen dort, in einem kleinen Speisezimmer, bei kalter Limonade und gekühlter Mango.

Rick hatte die Kopfhörer des *Megabuck*-Geräts den ganzen Morgen über im Ohr. Als er sich gerade über eine andere Mango hermachen wollte, kam die Stimme von Chahda: 'Rick, bist du da?'

'Ja', antwortete er schnell. 'Schieß los.'

'Ich habe Aufzeichnungen gemacht. Mit deiner Meinung liegst du ziemlich richtig. Der Häuptling lügt wie ein Meister. Ich treffe dich gleich im Hotel. Wie ist die Zimmernummer?'

Rick gab sie dem jungen Hindu und kappte die Verbindung. Dann wandte er sich an die anderen: 'Lasst uns gehen, Chahda hat etwas!'

Sie eilten zu ihrem Zimmer, und Zircon rief sofort Lacson an. Das Kommissariat antwortete, dass sich Lacson auf dem Weg zu Hotel befindet und dort in ein paar Minuten eintreffen sollte.

Chahda stürmte in ihr Zimmer. Der junge Hindu grinste von Ohr zu Ohr. Er nahm das winzige Aufzeichnungsgerät aus seiner Tasche und übergab es an Zircon. 'Es ist wirklich sehr heiß, kann ich bitte einen Drink haben?'

Scotty nahm den Telefonhörer ab und bestellt ihm eine doppelte Limonade mit viel Eis.

'Vielen Dank, Scotty. Nun, heute beim Morgengrauen sind wir Händler zum Bagobodorf gegangen und haben Stoff verkauft. Wie du weißt, sprechen einige Bagobos Englisch. Nicht viel, aber gut genug. Bei meinen Verkaufsgesprächen habe ich Fragen gestellt, aber keine Antworten bekommen. Dann hat ein junger Mann, etwa in meinem Alter, Stoff für einen neuen Turban gekauft. Wir waren allein, deshalb versuchte ich, ihn zu bestechen. Ich sagte ihm, wenn etwas über die vermissten Amerikaner in Erfahrung bringen kann, gebe ich ihm den Stoff umsonst. Daraufhin hat er angefangen zu sprechen.'

'Fang an, raus damit!', bellte Zircon. 'Lass uns nicht so zappeln!'

'Ok, Professor, ich mache es kurz. Der Mann hatte keine Gelegenheit mehr, etwas zu sagen, weil der Häuptling wie wild herangerannt kam. Er hat ihn mit Worten überfallen, wie aus einem Maschinengewehr. Er wollte dann nicht mehr mit mir sprechen. Ich habe ihm aber den Stoff trotzdem geschenkt, weil ich die ganze Zeit über das Aufzeichnungsgerät eingeschaltet hatte.'

Wunderbar!', rief Rick aus. Nun müssen wir es nur übersetzten.'

Als es klopfte, ließ Scotty Major Lacson herein. Zircon stellte Chahda vor und erklärte schnell, was passiert war. Dann zeigte er dem Offizier das Aufzeichnungsgerät. 'Gut!', rief Lacson aus und ging zum Telefon, um einen Anruf zu machen. Nach einer kurzen Konversation im lokalen Dialekt hängte er auf. 'Wir werden es zur Universität in Davao bringen. Dr. Gonzales, der Sprachprofessor, wird es übersetzen. Er ist ein Experte in der Bagobosprache.

Kommt, mein Auto steht draußen.'

Chahda lehnt sich zurück. 'Ihr geht. Ich bleibe noch eine Weile in Deckung. Ruft mich über Funk, wenn ihr etwas herausgefunden habt.' Rick stimmte zu und folgte dann den anderen. Sie drängten sich in Lacsons Auto und fuhren Richtung Universität.

Ich habe selbst einige Neuigkeiten', berichtete Lacson. 'Eure Freunde kamen in einer Schaluppe namens *Sampaguita*, was die Bezeichnung einer lokal verbreiteten Blume [eine Jasminart] ist. Sie hatten an einem privaten Dock im Hafenviertel festgemacht.'

Wo ist das Boot jetzt?', fragte Scotty.

Lacson zuckte mit den Schultern. 'Wer weiß? Niemand hat gesehen, wie es fortfuhr, aber es war da, in der Nacht, als eure Freunde verschwunden sind, und weg am nächsten Morgen.

Rick dachte über diese Information nach, während Lacson und Zircon mit Dr. Gonzales, einem kleinen, kahlköpfigen Filipino, an der Übersetzung der Aufzeichnung arbeiteten.

Selbstverständlich würden Briotti und Shannon nicht von dem Bagobodorf zurückgekommen sein und das Boot selbst genommen haben. Und wenn sie nach Calinan gelaufen sind, um ein Auto zu benutzen, hätte Lacson das herausgefunden. Da gab es nicht so viele Leute in der Gegend. Das Mieten oder Ausborgen eines Autos durch zwei Amerikaner, würde kaum unbemerkt bleiben, und wenn sie per Anhalter weitergereist wären, hätte Lacson auch das in Erfahrung gebracht. Nur wenige Autos fuhren auf der Straße nach Calinan.

Rick nahm Lacson zur Seite und befragte ihn, während Zircon dem Sprachexperten die Aufzeichnung immer und immer wieder vorspielte. Der Major bestätigte, dass er alles überprüft habe und sicher annahm, dass die Wissenschaftler nicht von irgendwelchen ortsansässigen Leuten zurückgebracht wurden. Es gab auch keine Autos, die man mieten könnte.

Rick ließ das Thema abrupt fallen, als Zircon und Gonzales mit ihren Notizen fertig waren und das Aufzeichnungsgerät abschalteten.

'Dr. Gonzales hat es', sagte Zircon im stillen Triumph. 'Die Sprache ist schwierig und der Häuptling war weit weg vom Mikrofon, aber der Sinn dessen, was es bedeutet, ist klar zu erkennen.

Die Jungs und Lacson hörten aufmerksam zu, als der Sprachprofessor vorlas.

'Sag nichts, junger Idiot! Es ist verboten, mit weißen Männern zu sprechen. Ein einziges Wort davon, dass sie hier waren, und der Zorn von – ich kenne an dieser Stelle das Wort nicht – wird über das ganze Dorf kommen. Willst du sterben? Willst du, dass wir alle sterben? Beim Schmerz des Todes verbiete ich dir, zu sprechen!'

'Sie *waren* da!', rief Scotty aus. 'Nun können wir vielleicht herausfinden, was passiert ist.

'Sofort', sagte Major Lacson mit grimmiger Stimme. 'Doktor, wie hat das ausgelassene Wort geklungen?'

Der Filipino Professor schüttelte mit dem Kopf. 'Es ist ein Wort, das ich noch niemals gehört habe, Major. Es klang überhaupt nicht nach einem Bagobowort. Es hört sich an wie Shuhn oder Shohn. Irgendwie so. Es ist nicht klar.'

'Werden Sie mit uns kommen, um es zu übersetzen? Juan spricht genug Bagobo, um zurechtzukommen, aber ich hätte lieber Sie mit auf der Reise. Es könnte schwer werden.'

'Das werde ich gerne machen. Kann ich noch ein paar Minuten haben, um meine Kleidung zu wechseln?'

'Natürlich. Ich bringe diese Herren zum Hotel, wo sie sich auch umziehen können. Danach holen wir Sie ab.'

Rick nutzte die kurze Zeit im Hotelzimmer, um Chahda zu kontaktieren.

Der junge Hindu antwortete sofort.

'Auf der Aufzeichnung findet sich die Antwort', sagte ihm Rick. 'Das war eine gute Arbeit, Chahda. Wir brechen sofort zum Dorf auf.

'Gut!', sagte Chahda. Gibt es etwas, das ich tun kann?'

'Nicht im Moment. Ich rufe an, wenn wir zurück sind.'

Rick zog sich schnell seine Khaki Outdoorkleidung an. Die Hosen von seinem Tropenanzug sind über Nacht gereinigt worden, und er wollte sie nicht schon wieder verschmutzen.

Draußen wartete Lacson. Zwei weitere Polizeiautos waren dazugekommen; in jedem davon saßen sechs bewaffnete Männer. Die drei sprangen mit Lacson in den Wagen und fuhren an der Universität vorbei, um Dr. Gonzales mitzunehmen.

Die Karawane hatte alle Geschwindigkeitsrekorde auf dem Weg nach Calinan gebrochen. Juan, der ortsansässige Polizist, begab sich dort in das hinterste Fahrzeug und sie schossen davon, zum Ende der Straße. Dieses Mal hatten die *Spindrifter* die geeignete Kleidung an und hatten sich gut mit einem Insektenabwehrmittel eingerieben. Jeder von ihnen hatte einen Hut und ein Hutnetz.

Die Gruppe kam gut vorwärts. Als sie vom Pfad herunter waren und die Lichtung erreichten, die zum Dorf führte, trennte sich eine Einheit von vier Polizisten, unter der Führung von Juan, und sie trotteten in einem großen Bogen fort, um sich dem Dorf von der anderen Seite zu nähern.

Die anderen gingen langsam geradeaus, um der Truppe von Juan genug Zeit zu geben, in Stellung zu gehen. Ricks Gruppe erreichte das erste Haus des Dorfes und Major Lacson hielt seine Hand hoch.

41

Von der anderen, entfernten Seite des Dorfes, kam der schrille Ton von Juans Trillerpfeife.

Die Hand des Majors ging herunter. Die bewaffneten Männer stürmten in das Bagobodorf und verteilten sich zwischen den Häusern. Lacson zog seine Pistole und marschierte geradewegs zum Haus des Häuptlings.

Der Häuptling kam heraus, um sie zu treffen. Sein Gesicht erstarrte, als er die Pistole sah. Er sprach schnell.

Gonzales übersetzte. 'Er will wissen, warum Sie gekommen sind, und eine Waffe auf ihn richten und warum die Männer seine Häuser überfallen.'

'Sagen Sie ihm, dass wir als Feinde gekommen sind, weil er gelogen hat. Die Amerikaner waren hier. Meine Männer suchen nach Beweisen.'

Der Filipino Professor übersetzte, und der Häuptling machte eine ausdrucksstarke Geste mit seiner Hand. Er setzte sich nieder auf einen Stuhl, der aus gespaltenem Tangileholz gefertigt war, und starrte vor sich hin, in der offensichtlichen Absicht, eine steinerne Ruhe zu bewahren.

Einer der Bewaffneten kam angerannt und wedelte mit einem röhrenförmigen Gegenstand, den er dem Major übergab. Rick sah, dass es ein starkes Fernrohr war, wie Shannon es besessen hatte. Sein Puls stieg an, als Scotty die Schutzkappe entfernte und das Objekt untersuchte.

'Es gehört Shannon', sagte Scotty. 'Seine Initialen sind auf der Seite und auf der Vorderseite der Linsenabdeckung eingraviert.'

Der Häuptling schien zu erschlaffen.

Ein weiterer der bewaffneten Männer rannte heran und trug einen ledernen Köcher den Rick sofort erkannte. Er gehörte auch Shannon. Er kannte ihn gut von den Bogenschießwettbewerben. In dem Köcher steckten der Bogen, ein zerlegbares Modell, und drei Dutzend Pfeile. Dieser könnte nun von Nutzen für sie sein.

'Major, was sollen wir machen?'

Als Antwort stellte sich der Major vor dem Häuptling auf und sprach mit barscher Stimme. 'Sagen Sie ihm, Professor Gonzales, dass wir Beweise genug haben. Wenn er keine guten Erklärungen hat, müssen wir annehmen, dass sein Dorf die Amerikaner ermordet hat. Dafür würden einige seiner Leute mit dem Leben bezahlen.'

Dr. Gonzales übersetzte das in Bagobo. Für einige lange Minuten saß der Häuptling still da, dann erhob er sich zu voller Größe und schaute dem Major in die Augen.

'Ich bin zwischen einem Speer und einem Messer gefangen', übersetzte Dr. Gonzales. 'Der Tod steht auf beiden Seiten. Es ist wahr, dass die Amerikaner gekommen sind. Wir haben sie freundlich empfangen. Sie sind für eine Nacht geblieben. Wir haben ihnen und ihrem Moro ein Haus gegeben, um darin zu schlafen. Dann, als es dunkel wurde und wir schliefen, kamen Männer. Die Amerikaner und der Moro kämpften, aber die Männer haben sie gefesselt und weggebracht. Dann sagten sie, wenn irgendjemand im Dorf darüber spricht, würden alle sterben. Die beiden Dinge, die wir gefunden haben und nicht mitgenommen wurden, waren versteckt in einer Ecke der Hütte. Alles andere wurde entfernt.'

'Fragen Sie ihn, wer die Männer waren und warum er nicht für die Amerikaner gekämpft hat', wies Lacson an.

Der philippinische Sprachexperte stellte die Frage, dann übersetzte er die Antwort. Er hat nicht gekämpft, weil es unnütz war. Seine Leute wären gestorben und die Amerikaner wären nicht gerettet worden.

'Fragen Sie ihn, warum er das weiß.'

Die Antwort des Bagobos war knapp. 'Er weiß es', übersetzte Gonzales. 'Er wird nicht mehr sagen.'

Lacson machte ein Geräusch der Abscheu. 'Das meint er auch so, schaut ihn euch an.'

Rick sah, was Lacson andeutete. Das ernste Gesicht und die funkelnden Augen zeigten deutlich, dass er lieber sterben würde, als mehr über die Angreifer zu sagen.

'Weiß er, wohin die Amerikaner gebracht wurden', fragte Zircon.

'Er weiß es nicht, die Männer haben sie auf dem Pfad entlang mitgenommen. Natürlich sind ihnen einige Bagobos gefolgt. Als sie aber an der Straße waren, haben die Männer die Amerikaner und ihren Führer in ein Auto gesteckt und sind fortgefahren. Anscheinend waren da zwei oder drei Autos. Die Bagobos konnten nicht mehr folgen.'

'Dann waren Shannon, Briotti und ihr Führer wahrscheinlich auf dem Boot, als es Davao verlassen hat, sagte Rick nachdenklich. Aber wo ist das Boot hingefahren?'

Major Lacson antwortete: 'Wir wissen es nicht, aber es ist möglich, dass wir das herausfinden. Ich werde an alle Stationen eine Nachricht senden und nach Informationen fragen. Wir werden vielleicht einen Hinweis auf ihren Aufenthaltsort bekommen.'

'Das wird hoffentlich der Fall sein. Wenn es niemanden gibt, der sie gesehen hat, müssen wir die ganze Sulusee durchsuchen.'

Kapitel V

Die Spur der Sampaguita

Die Maschine der PAL [Philippine Airlines] brummte in westlicher Richtung über die fantastischen Sümpfe des Paluangi Flusses, auf Cotabato zu. Rick betrachtete das dampfende Marschland, wie es sich unter ihm ausbreitete und erhaschte flüchtige Blicke auf den sich windenden, braunen Fluss, der die Landschaft in einen Morast verwandelte. Von dem Gespräch mit Colonel Rojas wusste er, dass dieses Gebiet voll mit Krokodilen und wenig angenehmen Kreaturen war.

Im Sitz neben Rick machte Scott ein Nickerchen. Zircon, auf der anderen Seite des Gangs, war offensichtlich tief in Gedanken versunken.

Rick hoffte inbrünstig, dass sie nicht in eine wilde Katz-und-Maus-Jagd verwickelt würden. In Davao hatten sie erfahren, dass Briotti, Shannon und ihr Führer von einer Gruppe gekidnappt wurden, die von den Bagobos sehr gefürchtet wurde. Der Grund für dieses Kidnapping hat man sich nicht erklären können. Es war keine Lösegeldforderung eingegangen, und die Wissenschaftler hatten, soweit man wusste, keine persönlichen Feinde.

Rick dachte, dass das wenige, was sie erfuhren, das Mysterium eher verstärkte, als es aufzuklären. Seine Befürchtungen bezüglich der vermissten Freunde hatte sich in eine starke Sorge verwandelt, dass man sie nicht oder nur zu spät finden würde. Er war sich der Zeit, die verstrich, sehr bewusst. Fast drei Wochen waren vergangen, seit die Wissenschaftler mit Gewalt aus dem Bagobodorf fortgeschafft wurden.

'Denkst du, sie wurden auf dem Boot mitgenommen?', fragte Scotty plötzlich.

Rick drehte sich sofort herum. Scotty hatte doch nicht so tief geschlafen. 'Wir können nicht sicher sein, aber ist nicht sehr wahrscheinlich?'

'Ich glaube es', sagte Scotty. 'Natürlich hätten sie die Kidnapper ins Inland verschleppen können, aber ich kann mir nicht vorstellen, dass irgendjemand Gefangene durch diese Dschungelpfade bringt. Und außerdem wird das Boot vermisst.'

'Es gibt keine Straßen, auf denen man sie mit dem Auto hätte transportieren können', stimmte Rick zu. Lacson wird versuchen, die Autos zu finden, die sie nach Davao gebracht haben; aber selbst wenn ihm das gelingt, wird uns das nicht viel weiterbringen.'

Er änderte das Thema. 'Wer könnten diese Männer sein? Sie mussten ziemlich wild aufgetreten sein, um die Bagobos das Fürchten zu lehren. Der Häuptling sieht nicht wie ein Mann aus, der sich so leicht erschrecken lässt.'

'Ich habe nicht den leisesten Schimmer einer Idee', fuhr er fort. 'Das Entführen von zwei Wissenschaftlern ergibt überhaupt keinen Sinn.'

'Das ist wahr', sagte Scotty, aber es muss einen Sinn für die Entführer geben.'

Scotty macht keine weiteren Bemerkungen. Nach einer Weile griff Rick unter den Sitz und holte den Köcher von Shannon heraus. Er hatte ihn in einen Plastiksack eingewickelt, mit dem seine Hosen aus der Reinigung gekommen waren.

Der Köcher war aus weichem Leder und so gemacht, dass man ihn auf dem Rücken tragen konnte. Darin befanden sich Fächer für drei Arten von Pfeilen. Rick zog einen davon heraus und sah, dass er eine stumpfe Spitze hatte, um damit kleine Tiere zu jagen. Daneben gab es rasiermesserscharfe Jagdspitzenpfeile. Die dritte Variante waren kleinere Jagdpfeile, insgesamt ein Dutzend von jeder Sorte.

Auf dem Köcher gab es zwei Reißverschlusstaschen. In der ersten fand Rick vier neue Bogensehnen und Bienenwachs, um sie damit zu behandeln; dazu eine kleine Feile und einen Schleifstein, um die Jagdspitzen scharf zu halten. In der anderen Tasche gab es zwei Sets von Fingerschützern und einem Armschutz aus steifem Leder. Er zog sich einer dieser Schützer an, der wie einzelne Teile eines Handschuhs gemacht war und über die ersten drei Finger seiner rechten Hand ging. Eine Nummer zu groß, aber es würde gehen. Der Armschutz war in Ordnung, wenn er ihn etwas anpasste.

Der Bogen hatte sein eigenes, spezielles Fach. Rick überprüfte ihn und sah, dass er nicht beschädigt worden war. Er bestand aus zwei Teilen. Der obere Wurfarm war so konstruiert, dass man ihn in den Griff stecken konnte, der fest mit dem Unterteil verbunden war. Es war ein ausgezeichneter Bogen, nicht so schwer wie andere, aber eine tödliche Waffe in den Händen eines guten Schützen. Er hatte ein Zuggewicht von fünfzig Pfund, bei einem Auszug von 28 Zoll.

Rick schob den Köcher wieder unter den Sitz. Er hatte vor, ihn, wenn nötig, mitzunehmen, sodass auch er bewaffnet war. Er war ein überdurchschnittlicher Bogenschütze. Es war eine der Sportarten, wo er Scotty fast immer schlagen konnte, dank seines eigenen Talents und den Unterweisungen von Shannon. In diesem Moment bemerkte er, dass die Lichter zum Anschnallen der Sicherheitsgurte angegangen waren, als das Flugzeug zu sinken begann und im Anflug auf Cotabato war.

Er sah, wie die Stadt in Sichtweite kam. Es war ein Ort von kleinen Häusern, die an einer Reihe von Flüssen und Kanälen standen. Die sie umgebende Landschaft bestand aus Reisfeldern und vereinzelten Kokosnussbäumen.

Das war der erste Schritt zurück in die Vergangenheit. Rick hatte keine Idee, was sie entdecken würden, aber da sie keine andere Vorgehensweise hatten, haben sich entschieden, den Weg entlang der Route zurückzugehen, den die *Sampaguita* genommen hatte, in der Hoffnung, einen Anhaltspunkt zu finden.

Sie würden nur so lange in Cotabato bleiben, wie das Flugzeug seinen geplanten Aufenthalt hatte, gerade genug Zeit, um Tony Briottis Freund, Vater Murray, zu treffen, ein amerikanischer Missionarspriester.

Als das Flugzeug zur Landung auf der unbefestigten Bahn hereinschwebte, sah Rick die weiße Robe eines Priesters und wusste, dass die Nachricht von Major Lacson an die Polizeistation in Cotabato angekommen war, worin er bat, dass der Priester am Flugzeug sein sollte, sobald es eingetroffen ist.

Vater Murray, ein schlanker, gebräunter, mit einem Sonnenhut bedeckter Mann mit jugendlicher Erscheinung, grüßte sie, als sie aus dem Flugzeug herauskamen. Zircon stellte sich und die Jungs vor, und die vier begaben sich in den Schatten einer Königspalme, um sich zu unterhalten.

'Das Verschwinden von Tony und Howard war eine schockierende Nachricht', sagte Vater Murray. 'Habt ihr keine neuen Auskünfte darüber, was mit ihren passiert sein könnte?'

Zircon erzählte ihm das wenige, was er wusste. 'Wir haben hier Halt gemacht, um Sie zu sehen, in der Hoffnung, dass Sie etwas Licht auf die Gründe der Entführung werfen können.'

Der Priester schüttelte seinen Kopf. 'Ich habe nicht die entfernteste Idee. Ihr Besuch hier war ohne jeden Vorfall, ausgenommen ein versuchter Raub. Ich kann mich auch an keine Unterhaltung erinnern, die hilfreich sein könnte. Wir haben meist nur über ihr Forschungsprojekt gesprochen.'

'Sie erwähnten einen Raub?', fragte Rick.

'Ja, an dem ersten Abend, an dem sie hier waren. Die Diebe sind in das Kloster eingebrochen, aber zum Glück waren einige Gemeindemitglieder, die nebenan wohnen, wach gewesen. Sie sind uns, mit Gewehren bewaffnet, zu Hilfe gekommen.

Die Diebe sind daraufhin geflohen, noch bevor sie feststellen konnten, dass wir geschlafen hatten. Meine Leute sagten mir, dass es Moros waren.'

Zircon zeigte auf eine Gruppe von Moros, die im Schatten des hölzernen Flughafengebäudes herumlungerten. 'Ihr scheint hier ziemlich viele von ihnen zu haben.'

Vater Murray kicherte. 'Natürlich haben wir sie. Das ist eine Moro-Provinz. Beide, der Bürgermeister und der Gouverneur sind Moros. Es gibt nur wenige Christen.'

Rick sah die engen Hosen und die boleroartigen Westen, die eine muskulöse Brust enthüllten. Zwei der Moros trugen lila Mützen. Die anderen hatten Strohhüte auf, die ihn, in ihrer verzwickt gewobenen Art, an Helme erinnerte.

'War da ein Moro-Führer mit unseren Freunden?', fragte Zircon.

'Ja, er erschien mir wie ein seriöser, junger Mann. Ich habe jedoch wenig von ihm gesehen. Er war auch bei uns, blieb aber für sich; wahrscheinlich war er durch unsere Gespräche gelangweilt.'

'Wussten Sie eigentlich', fuhr der Priester fort, 'dass Tony und ich Klassenkameraden in der High-School waren?'

Die drei hatten das nicht gewusst. Kein Wunder also, dass Tony und Shannon so weit weg von ihrem Weg gegangen waren, um Cotabato zu besuchen.

'Dieser versuchte Raub interessiert mich', sagte Scotty. 'Gab es jemals zuvor schon so einen Vorfall?'

'Nein, niemals', sagte der Priester. Die Moros lassen uns in Ruhe. Außerdem erscheinen die sprichwörtlichen Kirchenmäuse reich zu sein, verglichen mit uns. Wir haben buchstäblich nichts, was es wert wäre, geraubt zu werden.'

Der Flug wurde aufgerufen, und die *Spindrifter* schüttelten die Hände von Vater Murray. Er winkte, als sie das Flugzeug bestiegen und sich auf den Flug vorbereiteten.

'Nicht sehr hilfreich', bemerkte Professor Zircon, 'trotzdem bin ich froh, dass wir die Gelegenheit hatten, Vater Murray zu treffen.'

Rick stimmt zu, fügte aber an: 'Kommt es Ihnen nicht sehr seltsam vor, dass die Diebe versucht haben, ihn auszurauben, am ersten Tag, als Briotti und Shannon angekommen waren?'

Scotty sah sofort, was Rick meinte. 'Du denkst, sie waren vielleicht gar keine Diebe? Das hätte ein Entführungsversuch sein können, der fehlgeschlagen ist.'

'Das ist eine Möglichkeit', bemerkte Rick.

Zircon lehnte sich über den Gang herüber. 'Denk mal über deine Schlussfolgerungen nach, über die du sprichst, Rick. Cotabato ist weit weg von Davao. Warum sollte eine Bande unsere Freunde über Mindanao hinweg jagen?'

'Warum wurden sie entführt?', entgegnete Rick.

'Offensichtlich wissen wir es nicht', sagte Zircon. 'Wenn wir deine Idee akzeptieren, nehmen wir dann auch an, dass es die gleiche Bande war, die von Cotabato nach Davao gekommen ist? Oder waren beide Gruppen ortsansässige Leute?'

Scotty schluckte. 'Wenn es ortsansässige Leute waren, dann bedeutet es, dass wir es mit einem gut organisierten Syndikat zu tun haben, mit Mitgliedern in jedem Hafen!'

Rick nickte. Er hatte die Tragweite seiner Idee bisher noch nicht gesehen.

'Ja, es könnte so etwas bedeuten', sagte er.

Scotty sank zurück in seinen Stuhl. 'Was auch immer das bedeutet, gibt es uns dennoch keine Erklärung dafür, warum Tony und Shannon entführt worden sind.'

'Irgendwie werden wir schon eine Erklärung dafür finden', sagte Rick, mit einer Überzeugung, die er aber selbst nicht so stark fühlte.

Dann fügte er grimmig hinzu: 'Wir müssen dem nachgehen!'

Kapitel VI

Der Mann mit dem roten Fez

Der berühmte tropische Hafen von Zamboanga entsprach voll und ganz seinem Ruf als exotischer Ort. Als das Taxi mit den *Spindriftern* am Uferbereich entlangfuhr, sah Rick Segel in grellen Farben, die sich mit dem tristen, grauen Stahl der Frachtschiffe vermischten. Es gab viele Moros, und die christlichen Filipinos schienen in der Mehrheit zu sein.

Das Taxi brachte sie zum Bayot Hotel, ein weitläufiger, malerischer Komplex, nur zwei Stockwerke hoch. Es war bekannt für das beste Essen in der Region der Sulusee. Das Gebäude war fast komplett mit Orchideen und üppigen tropischen Kletterpflanzen überwachsen.

Als die drei eincheckten, begann Zircon dem Mann am Empfang Fragen zu stellen. 'Sie hatten Dr. Briotti und Dr. Shannon hier als Gäste, glaube ich?'

'Ja, sie sind hier für zwei Tage geblieben. Ich habe von ihrem Verschwinden gehört. Unglaublich das Ganze!'

'Können Sie uns sagen, ob sie irgendwelche Besucher hatten?'

'Ich kann mich an keine erinnern.'

Rick fragte: 'Hat irgendjemand ein ungewöhnliches Interesse an ihnen gezeigt?'

'Nichts, was man bemerkt hätte. Sie müssen wissen, dass Amerikaner kein ungewöhnlicher Anblick sind. Es gibt einige von ihnen, die hier leben.'

Kannten Sie ihren Moro-Führer', fragte Scotty.

'Ich habe ihn nicht gekannt, habe ihn aber gesehen. Er war ein ungewöhnlicher Typ.'

'Auf welche Art', fragte Zircon sofort.

'Er hatte kein Chebucano gesprochen. Als ich ihn deswegen fragte, sagte er, dass er in Tawi Tawi aufgewachsen ist, wo kein Chebucano gesprochen wird. Das hätte ich ihm geglaubt, außer einer anderen Sache.'

'Ja?', forderte ihn Zircon auf.

'Er hatte ausgezeichnet Spanisch gesprochen, dass man aber auch nicht in Tawi Tawi spricht.'

Rick fragte nachdenklich: 'Denken Sie, er könnte gar kein Moro gewesen sein?'

Der Mann zuckte mit den Schultern. 'Was ist ein Moro? Es ist einfach nur ein Filipino einer anderen Religion und in gewisser Hinsicht, mit einem anderen Lebensstil. Ein gebildeter Moro ist wie jeder andere gebildete Filipino auch. Ich kann nicht sagen, ob dieser Führer ein Moro war. Er hat jedenfalls gesagt, das sei der Fall.'

Zircon nickte zustimmend. 'Wissen Sie, ob sie ihn hier angeheuert haben?'

'Ja, das haben sie. Ich meine, in dieser Stadt, nicht in diesem Hotel. Ich denke, sie haben ihn der Ufergegend getroffen.'

Rick hatte sofort gesehen, dass der Mann kein Filipino war, und er erkannte seinen spanischen Akzent. Dann fragte er ihn: 'Sind sie der Manager?'

'Ja. Wenn ich bemerken darf, sind all diese Fragen von mir gegenüber Captain Lim von der Polizeistation beantwortet worden. Vielleicht kann er Ihnen helfen.'

'Wir haben die Absicht, ihn zu sehen', antwortete Zircon. 'Ist sein Büro in der Nähe?'

'Nein, sie müssen ein Auto nehmen, was ich besorgen werde. Er ist im Fort Nuestra Señora Del Pilar [Unsere Liebe Frau von Pilar]. Wir nennen es einfach Fort Pilar. Nun werde ich Ihnen ihre Räume zeigen.'

Zircon hatte einen Raum für sich, während sich Rick und Scotty einen teilten. Die Zimmer waren klein und wie alle Hotelzimmer in den Tropen, spärlich, aber ausreichend möbliert. Die drei zogen sich schnell um und trugen ihre bequemen Kaki Hosen und Hemden. Als sie in die Lobby zurückkamen, hatte der Manager schon dafür gesorgt, dass ein Auto wartete, das von einem der Hotelangestellten gefahren wurde.

Das Fort Pilar bestand aus einer gewaltigen Menge von gehauenen Steinen, viele Fuß dick. Sie hatten Aussparungen für Musketen und Kanonen. Es war augenscheinlich in spanischer Bauweise und sehr alt. Die Wände waren von Kletterpflanzen bedeckt und Palmen hatten sich dort breitgemacht, wo einst ein Paradeplatz war. Hinter dem Fort konnte man die klaren Gewässer der Basilan Straße sehen.

Ein Wachposten brachte sie zu Captain Diosdado Lim, der sie höflich begrüßte und den Brief von Colonel Rojas überflog, den sie mitgebracht hatten.

'Wir stehen zu ihren Diensten', sagte der Captain förmlich. 'Dieser Brief macht Sie zu mehr als nur Gästen. Ihr seid auch Freunde. Ich heiße Sie willkommen.'

'Ich danke Ihnen, Captain', antwortete Zircon im gleichen, formellen Ton. 'Sie wussten von unserem Kommen durch Major Lacson?'

'Ja. Wir sind vorbereitet. Wir werden euer Auto zurückschicken, und Sie werden mit mir in die Stadt fahren. Ich werde Sie dem Mann vorstellen, von dem das Boot angemietet wurde.'

'Irgendwelche Nachrichten von dem Boot?', fragte Rick voller Erwartung.

'Noch nicht. Das Meer ist groß und wir haben nur wenige Außenposten. Wir hoffen aber, Glück zu haben.'

Der Captain hatte eine etwas gekünstelte Art zu sprechen, bemerkte Rick. Sein Englisch war gut, aber offensichtlich verwendete er es nicht allzu oft. Der Offizier war jung und dunkelhäutig und sah mehr chinesisch aus, als philippinisch. Er war wahrscheinlich ein Mestize, eine Person mit gemischtem Blut.

Zircon startete mit Fragen, sobald sie in der Limousine des Captains losfuhren. Es war klar, dass der Offizier wenig zu dem hinzufügen konnte, was sie bereits wussten. Er sagte jedoch, dass Azid Hajullah, der Moro-Führer, kein junger Mann aus der Gegend war, und dass die Abteilung in Tawi Tawi ihn nicht kannte. Es schien so, dass niemand wusste, wo der Führer herkam. Das alles klang sehr verdächtig für Rick. Er könnte ein Spitzel gewesen sein, der die Wissenschaftler zu den unbekannten Entführern bringen sollte.

Captain Lim brachte sie zu der Bootswerft, die von José Santos betrieben wurde. Er war ein dicker, kleiner Filipino, der einst in der Marine der Vereinigten Staaten gedient hatte. Santos war freundlich und sehr traurig, wegen der Wissenschaftler. Rick hatte das Gefühl, dass er in ehrlicher Weise mehr über das Schicksal der beiden Männer betrübt war, als wegen seines Boots.

'Die *Sampaguita*', sagte er, war eine dreißig Fuß lange, mit Hilfsmotor ausgestattete Schaluppe, mit einem weißen Rumpf und roten Segeln. Sie war einst die private Jacht eines amerikanischen Kopra-Pflanzers auf Basilan [Kopra = getrocknetes Kernfleisch der Kokosnuss, zur Herstellung von Kokosöl], der leider Gottes von seinen Moro-Landarbeitern ermordet wurde.

Santos hatte den Moro-Führer nicht gekannt, hatte aber auch nichts Ungewöhnliches an ihm entdeckt.

Hier endete die Befragung. Sie machten in der Tat keine weiteren Fortschritte.

'Gibt es etwas, was ich tun kann?', fragte Captain Lim.

'Ich glaube nicht', antwortete Zircon. 'Ich danke Ihnen, Captain. Wenn es Ihnen nichts ausmacht, laufen wir zurück zum Hotel. Es ist nur eine kurze Strecke. Ich bin auch sicher, dass die Jungs diesen Teil der Stadt sehen wollen, so wie ich.'

'Natürlich. Auf jeden Fall müssen Sie aber meine Gäste zum Abendessen im Hotel sein. Um zehn Uhr.'

'Das wird uns ein großes Vergnügen sein', antwortete Zircon. 'Gehen Sie jetzt zum Fort zurück?'

'Nein, wenn Sie etwas von mir wollen, bin ich zu Hause, hinter dem Hotel. Es ist die kleine, weiße Hütte.'

Die drei winkten ihm zum Abschied nach und gingen in Richtung des Gewimmels der Werftgegend, wo auch der städtische Marktplatz war. Direkt hinter der Mole fuhren einheimische Auslegerboote mit grellbunten Segeln in Streifen und Mustern in einer Art von Konvoi vorbei.

Scotty fragte einen älteren Filipino, der sie beobachtete. 'Sir, können Sie mir den Namen für diese Art von Boot sagen?'

Der Filipino lächelte. 'Farbenfroh, nicht wahr? Das sind Vintas, Moro-Boote von der Sulusee. Sie kommen hierher, um Fisch zu verkaufen.

Scotty dankte ihm und die drei gingen langsam über den Marktplatz. Wie unter einem stillschweigenden Einverständnis, sprachen sie nicht über ihr Problem. Alle wussten, dass sie in eine Sackgasse geraten waren, und keiner wusste, wohin man von diesem Punkt aus gehen sollte.

Sie blieben abrupt stehen, um zwei Kampfhähnen zuzusehen, die mit geschützten Sporen kämpften. Ein paar Meter weiter, machten sie am Stand eines Früchteverkäufers erneut halt. Viele der Früchte waren neu für sie und seltsam. Sie verbrachten eine Weile bei dem Verkäufer, um mehr über sie zu erfahren. Da gab es Mangostanfrüchte, nicht verwandt mit den Mangos, mit roter Schale und reinweißer Frucht, Lanzones, die wie traubenartige Ansammlungen von Pflaumen aussahen [Lanzones = Früchte der Götter, sehr beliebt in den Philippinen], faul riechende, aber schmackhafte Stinkfrüchte, Sternäpfel, und mehrere Arten von Bananen, von denen keine aussah, wie die zentralamerikanische Gattung.

Rick probierte eine Mangostanfrucht. Er gab ein Stück der weißen Frucht an Scotty und Zircon und biss dann in seinen Teil. Sie war kühl, säuerlich und köstlich, ganz anders, als alles andere, was er zuvor gekostet hatte.

Er dachte, er würde in kürzester Zeit süchtig auf Mangostanfrüchte werden und wollte schon zurückgehen, um einen Beutel davon zu kaufen. Ein leiser Kommentar von Scotty hielt ihn zurück.

'Wir haben einen Freund wiedergefunden. Er ist seit den letzten zehn Minuten bei uns.'

'Las uns an diesem Stand anhalten und die Körbe ansehen', lud sie Zircon beiläufig ein.

Sie taten dies und gaben ein großes Interesse an den Flechtwaren vor, während es Scotty gelang, heimlich auf den Weg zurückzublicken, auf dem sie gekommen waren. Rick sah, wie sich sein bleiches Antlitz verwandelte, dann nahm sich Scotty einen Korb und benutzte ihn als Deckung, während er sprach.

'Ist es nicht schön, ein bekanntes Gesicht an einem fremden Ort wiederzusehen?', sagte Scotty. 'Glaubt es, oder nicht, es ist der Mann mit dem roten Fez, der uns in Manila gefolgt war.'

Bist du dir sicher?', fragte Zircon sofort.

'Ja. Es ist nicht nur der Fez, es ist das Gesicht. Darüber hinaus trägt er dieselben Kleider.'

Zircons normalerweise laute Stimme, fiel zu einem Flüstern herab. 'Mach einen Plan, Scotty. Wir müssen ihn in die Mausefalle locken. Ich habe ein paar Fragen, die ich ihm stellen will.'

'Gut. Lasst uns weitergehen und nach einem Platz Ausschau halten. Dieser ist zu überfüllt.'

Sie bummelten weiter, ganz lässig, und hielten hin und wieder an, um Waren an den Ständen zu begutachten oder sich über die Farben von Fischen zu wundern, die zum Verkauf angeboten wurden.

Rick dachte über den Mann mit dem Fez nach. Seit er sie in Manila verfolgt hatte, ist er den ganzen Weg nach Zamboanga gekommen. Sein Interesse muss etwas mit den verschwundenen Wissenschaftlern zu tun haben. Vielleicht, wenn man den Mann zum Sprechen bringen würde, könnte man endlich etwas von Wert erfahren!

Rick hielt die Augen offen und suchte nach einem geeigneten Platz, um die Falle aufzubauen. Er sah, dass der Marktplatz in einen offenen Park endete, der auf beiden Seiten der Straße verlief, die von den Werften in die Stadt führte. Etwas weiter die Straße hinauf, erblickte er ein großes Lagerhaus, dass den Namen *Manual Wee Sit & Co.* trug.

'Diese Hütte ist am besten geeignet', sagte Scotty leise. Lass uns ein wenig schneller gehen, bis zum Ende des Lagerhauses und dann um die Ecke. Schaut euch nach einem Eingang um, in dem wir auf ihn warten können.

Die drei liefen schneller, aber nur wie es Touristen machen, die eine interessante Gegend verlassen haben und woanders hingehen wollen.

Sie passierten das Ende des Lagerhauses und gingen um die Ecke herum. Dort gab es einen offenen Türverschlag. Davor saß ein älterer Chinese auf einer Nagelkiste, rauchte seine Wasserpfeife und genoss die Nachmittagssonne. Er sah nicht zu den drei Amerikanern auf.

'Geh in den Eingang, Rick!', sagte Scotty schnell. 'Der alte Mann muss von irgendetwas träumen. Er wird uns nicht behelligen.'

Im Lagerhaus war es kühl und düster. Rick sah vier Fässer und Behälter um Behälter von Konserven, viele davon mit amerikanischen Markennamen.

Scotty bezog vorne, direkt hinter der Tür, Stellung, wo er alles durch die Öffnung beobachten konnte. Sofort nahm er eine angespannte Haltung ein, bereit hervorzuspringen. Rick sah den Schatten des Moros, gerade als Scotty lossprang.

Rick rannte heraus und Zircon war direkt hinter ihm, gerade rechtzeitig, um zu sehen, wie Scotty den Moro zu Rede stellte. Die Augen des Mannes weiteten sich. Seine Hand ging blitzschnell zu seiner Schärpe, mit der Geschwindigkeit einer zubeißenden Schlange, und er holte einen kurzen Dolch heraus, ein tückisches Ding mit einer gewellten Klinge, wie die von einem Kris.

Scotty zögerte nicht. Er ließ einen Schlag los, der seine kräftige Schulter hinter sich hatte. Aber so schnell Scotty auch war, der Moro duckte sich weg und holte mit seinem Messer aus.

Rick sprang nach vorne, um zu helfen, aber Scotty war bereit. Der junge Mann trat zur Seite, und während dieser Bewegung erfasste er das Handgelenk, das den Dolch hielt. Er drückte den Arm des Moros zurück und drehte ihn gleichzeitig. Rick rannte, um das Messer aufzuheben, als es herunterfiel.

Der Moro hatte noch nicht aufgegeben. Er trat aus, traf Scotty unter den Achseln und löste dessen Griff. Der Moro befreite sich und fing an zu rennen.

'Hol ihn!', dröhnte Zircon. Scotty hechtete hinterher, beide Hände ausgestreckt. Rick war direkt hinter ihm. Eine der Hände von Scotty packte den Moro an Hemd und Jacke, was ihn lange genug hielt, um auch mit der anderen Hand zuzupacken. Der Moro warf sich wild herum und seine Kleidung riss auf. Dann war aber Rick zur Stelle. Er gab dem Moro einen Judoschlag an den Hals. Der Mann sackte zu Boden und der rote Fez fiel in den Staub.

Zum ersten Mal konnte Rick den Rücken des Moros sehen, wo Scottys krampfhafter Griff das Hemd zerriss und ihn bloßgelegt hatte. Der Mann trug eine seltsame Tätowierung. Ein Moro Kris war mit einem Barong [philippinisches Schwert] gekreuzt, und von beiden Waffen tropfte Blut. Über diesen Messern befand sich ein Symbol, in heller, blauer Farbe, dass aus einer horizontalen Linie bestand, von der aus drei vertikale Linien abgingen. Die mittlere dieser Linien, war etwas größer als die anderen.

Der Rücken des Mannes war mit einem seltsamen Tattoo verziert.

Ein kräftiger Schrei drang an Ricks Ohren. Er drehte sich schnell um und sah, dass der alte Chinese erschreckt zum Leben erwacht war.

Der alte Mann hatte die Augen weit geöffnet und starrte auf das Muster der Tätowierung. Sein Mund war geöffnet, und er heulte mit so einem hohen Ton, dass Rick zurückschreckte.

Dann plapperte der Chinese etwas und rannte wie ein Besessener in den Schutz des Lagerhauses.

Scotty starrte ihm verwundert hinterher. 'Was ist in ihn gefahren? Er ist weggerannt, als hätte er plötzlich den Teufel gesehen.'

Zircon holte den taumeligen Moro auf die Füße. 'Vielleicht hat er das', sagte der Physiker. Er zeigte auf das Symbol. 'Es sieht wie ein chinesisches Schriftzeichen aus. Vielleicht hat es der alte Mann erkannt.'

Eine plötzliche Erregung durchdrang Rick. 'Wenn das stimmt, dann haben wir vielleicht das große Los gezogen.'

Kapitel VII

Neuigkeiten in Zamboanga

Eine Meute von Filipinos, unter ihnen einige Moros, wurden von dem Kampf angelockt. Einige verschwanden wieder in großer Eile, nachdem sie auf den Rücken des Gefangenen gesehen hatten. Der Rest blieb in einiger Entfernung stehen und unterhielt sich im lokalen Dialekt.

Rick und Scotty blieben wachsam, bereit zu handeln, wenn irgendjemand versuchen sollte, den Gefangenen zu befreien. Scotty hatte ihn mit seiner eigenen Schärpe gefesselt. Er saß an die Wand des Lagerhauses gelehnt, düster und schweigsam.

Zircon kam aus dem Lagerhaus heraus. 'Ich habe den Captain von hier aus am Telefon erreicht. Er ist auf dem Weg.'

Offensichtlich hatte der Captain keine Zeit verloren. In weniger als zwei Minuten kam seine Limousine zum Stehen und er sprang heraus. 'Was geht hier vor?'

'Er hat uns verfolgt', sagte Zircon und deutete auf den Moro. 'Das war schon in Manila der Fall. Wir dachten, es wäre das Beste, das wir herausfinden, warum er das macht. Nebenbei bemerkt, versteckt sich ein alter Chinese im Lagerhaus. Es ist weggelaufen, als er das Symbol auf dem Rücken des Moros gesehen hatte. Es könnte eine Art von chinesischem Schriftzeichen sein.'

Captain Lim sah sich das Muster an und nickte. 'Ja, das ist es. Ich kenne mich im Chinesischen aus. Diese Linien formen sich zum Wort 'Shan', was Berg bedeutet. Ich habe aber keine Idee, warum es den alten Mann so in Schrecken versetzt. Ich werde ihn das fragen.'

Die drei *Spindrifter* schauten sich an, und die Aufregung stand allen ins Gesicht geschrieben. 'Nun wissen wir, was das Wort war, das der Häuptling im Bagobodorf benutzt hat', erklärte Zircon. 'Shan, oder Berg.'

Sie warteten und hielten ein Auge auf die Menge, bis Captain Lim wiederkam. Der Offizier schüttelte seinen Kopf. 'Ich konnte nur wenig aus ihm herausbringen. Er fürchtet sich vor den Piraten von Shan, und der Moro soll ein Mitglied von ihnen sein. Er wollte aber keine weiteren Ausführungen dazu machen.'

'Wer sind die Piraten von Shan', wollte Rick wissen.

'Ich weiß es nicht. Dieser Begriff ist mir neu.'

'Unsinn', sagte Scotty. 'Die Piraterie ist schon seit einem Jahrhundert verschwunden.'

'Dem ist nicht so', korrigierte ihn Lim. 'Entschuldigen Sie, aber Piraterie ist nichts Ungewöhnliches, speziell entlang der Küste von China und auf der Insel Borneo. Kürzlich hatten chinesische Piraten ein Frachtschiff auf dem Ozean gekapert.'

'Er hat recht', bestätigte Zircon. Ich habe erst kürzlich etwas über diesen Piratenakt gelesen. Und vergesst nicht, die Moros der Sulusee waren eine Piratennation, bis die spanischen Kanonenboote und deren Truppen diese Aktivitäten begrenzt hatten, und die Amerikaner haben das schließlich ganz ausgemerzt. Piraterie ist nichts Neues in diesem Teil der Welt.'

Scotty half dem Captain, um den Moro in die Limousine zu verfrachten. 'Ich wäre überrascht, wenn wir viel aus diesem Mann herauskriegen würden', sagte Lim, 'aber wir können es im Fort versuchen. Ich sehe Euch dann zum Abendessen heute Nacht.'

Die Menge löste sich auf, und die drei liefen zurück zum Hotel. Zircon ließ sie in der Lobby stehen. 'Ich komme gleich wieder. Ich werde Okola ein Telegramm wegen der Piraten schicken.'

In ihrem Zimmer legten die jungen Männer ihre Kleider ab und ruhten sich in den Shorts auf dem Bett aus. 'Das entwickelt sich zu etwas Großen', sagte Rick gedankenvoll.

'Ich weiß, was du meinst. Ein Raub in Cotabato, die Entführung in Davao, und nun das. Das alles sollte eine Verbindung haben. Offensichtlich haben einige Leute von den Piraten von Shan gehört, aber die meisten kennen sie nicht.'

'Es ist verwunderlich, dass die Polizeistation nichts über sie weiß. Aber ich glaube, dass dies nicht ungewöhnlich ist, in einem Gebiet wie diesem, mit nur wenigen Truppen innerhalb von Millionen von Quadratkilometern. Aber warum haben Piraten unsere Freunde mitgenommen?'

Scotty versuchte erst gar nicht, das zu ergründen. 'Sollte Chahda nicht bald zurück sein?', fragte er.

'Nicht vor acht Uhr'. Rick hatte Chahda die Einzelheiten über die Erkenntnisse übermittelt, die sie im Bagobodorf gewonnen hatten, und der junge Hindu hatte entschieden, noch einen weiteren Tag in Davao zu verbringen. Er wird dann im Bayot Hotel wieder zu ihnen stoßen.

'Wenigstens haben wir einige Einzelheiten in Erfahrung bringen können, die sich zusammenfügen', sagte Rick mit größerer Befriedigung, als er sie seit Langem gefühlt hatte. Er schloss seine Augen und ließ die Informationen, die sie erhalten hatten, noch einmal in Gedanken vorbeiziehen. Dann fiel er sofort in den Schlaf.

Scotty weckte Rick etwas später wieder auf. 'Wach auf! Chahda ist hier.'

Rick erhob sich und blinzelte. 'Wie spät ist es?'

'Nach neun. Wir müssen bald zum Abendessen.'

'Wo ist Chahda?'

'Er macht sich gerade frisch. Er wird gleich zurückkommen.'

'Wo ist Zircon?'

'Er ist nach draußen gegangen. Er hatte einen Anruf vom Empfang.'

Rick begab sich unter die Dusche, für ein schnelles Bad, das ihn aufwecken sollte. Als er sich schon wieder angezogen hatte, kam Zircon zurück, mit einem gelben Stück Papier in seiner Hand. Chahda erschien einen Moment danach.

'Es sind alle hier', bemerkte Chahda. 'Gut, nun werde ich euch sagen, wer unsere Freunde festhält. Piraten!'

Rick starrte ihn erstaunt an. 'Wie hast du das rausgefunden?'

'Das Wort, das du erwähnt hast, was die Bagobos erschreckt hat. Ich habe es an mehreren Stellen in Davao ausgesprochen, auf verschiedene Art. Bei einer Gelegenheit muss ich es gut getroffen haben. Ein Filipino schnaubte mich an, damit ich still bin, weil das kein gutes Wort ist.'

'Ist Chahda dann still geblieben?'

'Niemals', sagte er energisch.

'Es ist wahr. Der Filipino hat mir etwas über die Piraten von Shan zugeflüstert. Sie töten schnell und keiner weiß, wer ein Pirat ist und wer nicht. Es gibt nicht viele, die von ihnen gehört haben.'

'Einige aber doch', unterbrach Zircon. Er wedelte mit dem Papier. 'Okola hat sich telegrafisch geantwortet. Hört zu.'

Der hünenhafte Physiker las das Telegramm vor: ›Die Geschichte der Piraten von Shan geht auf das siebzehnte Jahrhundert zurück. Ursprünglich chinesische Moslems, später noch Filipino Moslems und einige Malaien. Hauptaktivitäten um 1800 herum. Shan stammt vom chinesischen Wort für Berg, aber keiner weiß, welcher Berg. Einige glauben, dass Shan in der Nähe der Küste von Borneo ist. Einige erwähnen Piraten im Kampf gegen die Japaner im Zweiten Weltkrieg. Danach keine Spur mehr.‹

'Okola scheint seine Geschichte zu kennen', fügte Scotty an. 'Wenigstens haben wir jetzt ein Schild, das wir an die Feinde hängen können. Die Entführer waren Piraten.'

Zircon stimmte zu. 'Dass wir von einem von ihnen verfolgt wurden, scheint die Verbindung zu Tonys und Howards Entführung zu bestätigen. Und weil wir gerade von Kidnappern sprechen, auch dieser Filipino Junge, Elpidio Torres, wurde entführt. Seine Eltern haben mittlerweile eine Lösegeldforderung erhalten.' Er hielt eine neuere Zeitung hoch.

Rick überflog die Titelseite. 'Denkt ihr, dass es da eine Verbindung gibt?'

'Ich denke, dass das möglich ist, aber bedenkt die Entfernung. Der Geschichte zufolge, soll ein Lösegeld von einer Million Pesos an der Botangasküste hinterlegt werden, südlich von Manila.

Scotty pfiff durch die Zähne. 'Eine halbe Million Dollar. Das würde die Piraterie zu einem lohnenden Geschäft machen.'

'Ja, aber Manila ist nicht die Sulusee', stellte Zircon klar. 'Es gab auch keine Lösegeldforderung für Tony und Howard. Sie wurden erst entführt, nachdem einige Zeit, seit dem Verschwinden des Torresjungen, vergangen war.'

'Was machen wir jetzt?', fragte Chahda.

'Wir essen mit dem örtlichen Polizeikommandanten', antwortete Rick. 'Denkst du, es ist sicher, wenn er uns begleitet?'

Chahda grinste. 'Sicher oder nicht, ich gehe. Ich habe Hunger.'

Auch Rick und Scotty waren hungrig. Die spanisch-philippinische Sitte, so spät zu essen, war nichts für sie. Aber wie sich herausstellte, war es das Abendessen wert, dass man darauf warten musste. Captain Lim war offensichtlich ein Feinschmecker. Er hatte Suppe bestellt, die von geräucherten Austern von der Insel Palawan hergestellt wurde. Dann kam der zweite Gang, delikate Filets von Schmetterlingsfischen in einer hervorragenden, frischen Kokosnusssoße, ein Hauptgang mit Hühnerbrüsten, die in Kokosnussmilch gekocht wurden, ein Salat von Palmenherzen, ein spanischer Nachtisch, der *lecheflan* genannt wird, eine Art von Pudding, der in Karamellsauce schwamm und starker, aromatischer Batangas Kaffee.

Rick und Scotty aßen, bis sie nicht mehr konnten, und Chahda stöhnte. 'Wenn ich wieder einmal höre ›ausgestopft wie eine Weihnachtsgans‹, weiß ich, dass das auf mich zutrifft.'

Zircon steckte sich eine Manilazigarre an und lehnte sich in seinem Stuhl zurück, mit einem Ausdruck von Wohlbehagen. 'Ein wundervolles Essen, Captain. Ich danke Ihnen im Namen von uns allen. Ich habe seit Monaten nicht mehr so gut gegessen.'

Captain Lim strahlte Zufriedenheit aus. 'Dann werdet ihr mir für mein Ergebnis mit dem Moro verzeihen. Er war nicht zum Reden zu bringen. Ich habe auch keine gesetzliche Handhabe, ihn länger bei uns zu behalten.'

Zircon nickte zustimmend. 'Wir haben nichts erwartet, aber wir mussten es versuchen. Chahda, erzähle Captain Lim was wir in Davao herausgefunden haben, und gib ihm die Nachricht von Okola.'

Als der Austausch von Informationen abgeschlossen war, änderte Zircon das Thema. Der Wissenschaftler wusste, dass sie etwas brauchten, das ihre Gedanken von der Suche für eine Weile ablenken würde, und er ermunterte Captain Lim ihnen etwas über die lange und manchmal blutige Geschichte von Zamboanga zu erzählen.

Der Offizier erwies sich als ein unterhaltsamer Geschichtenerzähler. Er brachte sie zum Lachen oder in Spannung, bis nach Mitternacht. Dann begann er, ihnen ein berühmtes Lied beizubringen:

Die Affen in Zamboanga haben keine Schwänze! Die Affen in Zamboanga haben keine Schwänze! Die Affen haben keine Schwänze; die Wale haben sie ihnen abgebissen! Oh, die Affen in Zamboanga haben keine Schwänze!

Die *Spindrifter* waren gerade in den Rhythmus der ausgelassenen Melodie gekommen, als ein Sergeant mit einer Nachricht für den Captain hereinkam. Lim riss den Umschlag auf und las schnell die Zeilen. Dann schlug er mit der Hand auf den Tisch. 'Gut, dies kommt von Major Lacson. Ein Boot, auf das die Beschreibung der *Sampaguita* zutrifft, wurde vier Tage nach der Entführung gesichtet, als es sich in südlicher Richtung zur Insel Bulan bewegte. Ein Fischer hatte es gesehen.'

Rick Herz schlug schneller, erfüllt von Hoffnung und Aufregung.

'Wo ist Bulan?'

Über die Wasserstraße von hier aus hinweg, liegt Basilan. Bulan ist eine kleine Insel südlich davon.

Scotty sagte in einem Tonfall der Erleichterung: 'Wenigstens wissen wir jetzt, in welche Richtung sie sich bewegen.'

'Und wir wissen auch, was als Nächstes zu tun ist', fügte Zircon hinzu.

'Wir folgen ihnen nach!', beschloss Chahda grimmig.

Kapitel VIII

Das Boot Swift Arrow

Die Bootswerft von José Santos war nicht groß, aber Rick erschien es so, dass der Filipino jegliche Art von Wasserfahrzeugen zur Verfügung hatte, vom Ruderboot bis zur chinesischen Dschunke.

'Wir brauchen ein Boot', sagte Zircon. 'Kein Segelboot. Das wäre zu langsam. Wir wollen etwas verhältnismäßig schnelles und mit genug Platz für Bequemlichkeit. Wir werden einige Zeit an Bord zubringen.'

Santos nickte. 'Es ist euch egal, wie groß es ist?'

'Es gibt vier von uns, die es handhaben können.'

'Genug', sagte Santos. Da wird dann niemand zusätzlich gebraucht, für mein Boot *Swift Arrow* [Schneller Pfeil]. Seht ihr es dort drüben?'

Ricks Augen sahen zuerst die Konturen des Wasserfahrzeugs. Er rief aus: 'Donnerwetter, das ist wie ein galoppierender Killerwal! Es ist ein Torpedoboot!'

'Ja', stimmte Santos strahlend zu. 'Ein Motortorpedoboot. Ich habe es selbst umgebaut. Kommt und seht.'

Chahda fragte: 'Rick, was ist ein Torpedoboot?'

'Es ist ein sehr schnelles, leichtes Boot, gebaut um Torpedos auf größere Schiffe abzuschießen. Es ist für seine Sicherheit auf große Geschwindigkeit angewiesen. Das muss ein Überbleibsel aus dem Zweiten Weltkrieg sein.'

'Ziemlich alt', sagte Chahda zweifelnd.

Scotty kicherte. 'Das Alter bedeutet nichts für ein Boot, wenn es gut gebaut und gut gewartet wurde. Die MTBs [Motor Torpedo Boote] waren leicht, aber sehr gut gefertigt. Du wirst sehen.'

Zircon war gut mit Booten vertraut, und auch Rick, sowie Scotty, waren keine Anfänger. Sie begutachteten die *Swift Arrow* vom Bug bis zum Heck – nichts fehlte.

Die Bewaffnung war entfernt worden, und die ursprünglichen Benzinmotoren waren ausgebaut. An deren Stelle arbeiteten nun zwei Marinediesel. Santos erklärte, dass die Motoren in exzellentem Zustand waren und dass das Boot zwanzig Knoten machen konnte, sogar in rauer See, mit einer Höchstgeschwindigkeit von fast 30 Knoten in ruhigem Wasser.

Scotty untersuchte die Motoren und bestätigte die Behauptung. Sie liefen wie ein Schweizer Uhrwerk. Das Boot war voll ausgestattet, sogar mit einem Suchscheinwerfer, Signalhorn, und einer bronzenen Salutierkanone, die Blindmunition, aussehend wie große Schrotpatronen, verschoss.

'Wir nehmen es', verkündete Zircon. Befüllen sie es mit Treibstoff und Wasser, bringen Sie Karten der gesamten Region an Bord mit Navigationsinstrumenten. Wir sind in einer Stunde wieder hier und machen uns auf den Weg. Er unterschrieb hastig einen Reisescheck für die Vorauszahlung, dann begaben sich die vier zurück zum Hotel und machten sich an die Arbeit.

Sie stellten eine Ausstattungsliste zusammen, vereinbarten das Mieten von Bettwäsche und Handtüchern von dem Hotel, fanden heraus, wo man Munition kaufen konnte, packten ihre Sachen und waren bereit auszuchecken.

Chahda meldete sich zu Wort. 'Wohin geht ihr zuerst? Vielleicht nah Jolo? Ich denke, dass ich mit PAL vorausfliege und mich ein wenig umsehe. Ich treffe euch dort.'

Zircon überlegte. 'Ich denke, dass Jolo das logische Ziel ist. Es ist die Hauptstadt des Suluarchipels. Wir werden dort nachtanken, vielleicht morgen früh.'

Rick dachte, dass es wahrscheinlich eine gute Idee war, dass Chahda vorausflog. Er könnte seine indischen Kontakte benutzen, um an Informationen zu kommen, die verfügbar waren. Es würde ihnen Zeit ersparen. 'Ich bin dafür', sagte er.

Zircon stellte sicher, dass Chahda genügend finanzielle Mittel dabeihatte, dann verabschiedeten sich die drei für die Zwischenzeit und begaben sich auf ihre Einkaufstour.

Innerhalb der versprochenen Stunde hatten sie ihr Gepäck und Proviant an Bord gebracht und waren bereit, davonzufahren. Santos hatte das Boot ausgestattet und sogar eine Kiste mit Patronenhülsen für die Salutierkanone dazugestellt.

Scotty und Rick machten das Boot los, während Zircon das MTB geschmeidig von der Anlegestelle wegfuhr, durch die Molen hindurch und in die Basilan Straße.

Dann übernahm Scotty das Steuer, während Zircon den ersten Abschnitt ihrer Reise überprüfte. Auf den Karten, die ihnen Santos gegeben hatte, waren die Routen zwischen den Haupthäfen deutlich eingezeichnet. Zircon fand den Weg von Zamboanga nach Jolo und gab Scotty die erste Kompassrichtung.

Scotty gab richtig Gas. Die *Swift Arrow* reagierte sofort und glitt in schneller Fahrt davon. Zircon machte Beobachtungen mit der Peilscheibe, dann stellte er seine entsprechenden Berechnungen an.

Rick schaute interessiert zu, neugierig herauszufinden, mit welcher Geschwindigkeit sie fuhren. Schließlich blickte der große Wissenschaftler auf und grinste. 'Wir haben einen wahren Meister ausgesucht. 28 Knoten.'

Das war zwar weit unterhalb der alten, ursprünglichen Geschwindigkeit des Torpedoboots, aber wahrscheinlich oberhalb von irgendetwas anderem in der Sulusee. Rick war zufrieden. 'Ich gehe nach unten. Ich verstaue den Proviant, dann löse ich Scotty ab.'

In kurzer Zeit, in der sie sich am Steuerrad ablösten, hatten die drei alles verstaut und die Kojen fertig zum Bezug. Zircon hatte die neu erworbene Munition herausgenommen und sie luden ihre Waffen. Rick hängte den Köcher von Shannon in der Nähe der Kojen auf.

Die *Swift Arrow* sauste stetig voran. Basilan verschwand hinter dem Heck, als sie zwischen die zahllosen Inseln der Pilas Gruppe fuhren. Zwei dieser Inseln formten einen engen Kanal vor ihnen. Rick sah ihn, als er das Steuer von Scotty übernahm. Einmal durch diese Enge hindurch, würden sie im offenen Meer sein, und nichts mehr zwischen ihnen und Jolo, außer der Sulusee.

Scotty ging zum Bogen und überprüfte dessen Bereitschaft. Kurz danach kam er zurück und leistete Rick Gesellschaft. 'Das muss ein gutes Gebiet sein, um fischen zu gehen', sagte er.

Viele Vintas segelten vor ihnen im Kanal. Es mussten zwei Dutzend sein. Zwischen den Inseln war der Kanal übersät mit roten, violetten, grünen und braunen Segeln. Als das MTB näher herankam, verlangsamte Rick ein wenig. Er war bereits auf Reisegeschwindigkeit, weitaus langsamer als mit der Spitzengeschwindigkeit, aber er wollte nicht riskieren, eines der Moro-Boote zu rammen.

Schnell verringerte sich der Abstand und Zircon wies darauf hin, dass sich die Vintas in einer Reihe über den Kanal ausgebreitet hatten, nur jeweils eine Bootslänge zwischen ihnen. 'Verlangsame weiter', rief er. 'Sie könnten ein Netz hereinholen oder etwas anderes.'

Rick tat dies und blickte sich sorgfältig nach Netzbojen um. 'Es gibt nicht viel Platz, um durchzufahren. Ich werde das Horn benutzen.'

Er ließ es eine ganze Weile heulen, aber die Moros kümmerten sich nicht darum. Scheinbar hatten die Fischerboote das Vorfahrtsrecht, und sie hatten nicht die Absicht, sich zu bewegen.

Die *Swift Arrow* war nun nahe genug dran, sodass er die Masten und die Ausleger der Lateinsegel sehen konnte. Er konnte auch die Mannschaften erkennen. Es schien so, als wären die Boote vollgestopft mit Männern.

'Sie werden nicht Platz machen!', rief Zircon aus. Das MTB war bereits tief im Kanal drinnen.

Sie fangen uns ab, vorne und hinten! Scotty schrie: 'Schaut!'

Die Vintas am Ende der Reihe hatten sich schnell bewegt, und der Rest folgte. Das MTB würde gleich umzingelt sein.

Rick riss das Steuer herum und wendete das Boot fast in seiner ganzen Länge, wobei es sich weit zur Seite neigte. Im selben Augenblick ließ eine Gewehrkugel das Holz auf dem Kabinendach über ihnen splittern.

Scotty sprang nach seinem Gewehr und begann zu schießen. Zircon riss die Automatik von seinem Gürtel und schrie. 'Schnell weg, Rick!'

Rick hatte diesen Rat nicht gebraucht. Er richtete das MTB aus und zog die Gashebel auf volle Geschwindigkeit. Kugeln prallten in den Rumpf oder in das Glas des Steuerhauses, wo die Einschläge wie Sterne aufblühen. Er ließ das Schiff mit Spitzengeschwindigkeit durch das Wasser tanzen. Seine heftigen Bewegungen, während dieser Flucht, machten es schwer für Scotty und Zircon, zu feuern, und sie hielten inne.

Bald waren sie weit genug von den Vintas entfernt. Zircon rief einen neuen Kurs aus, der sie durch einen anderen Kanal, mehr im Westen, führen würde. Es war weiter, aber sicherer.

Die drei blieben still, während Rick den neuen Kurs steuerte. Einen Angriff von Vintas auf dem offenen Wasser, war das Letzte, was einer von ihnen erwartet hatte.

Schließlich zog Zircon den Bügel seiner Pistole zurück, warf das Magazin aus, und lud nach. Der Wissenschaftler sagte mit ernster und förmlicher Stimme: 'Mr. Scott, bei einer bestimmten Gelegenheit gestern in Zamboanga hörte man Sie eine Bemerkung machen, mit der Erklärung, dass die Piraterie schon seit einem Jahrhundert ausgestorben ist. Angesichts unserer kürzlichen Erfahrung, denke das es nur fair ist, die Gelegenheit zu geben, diese Aussage zu korrigieren.'

Scotty verbeugte sich feierlich. 'Sie sind zu gütig, Dr. Zircon. Es wäre vielleicht korrekter, zu sagen, dass die Piraterie nicht seit einem Jahrhundert ausgestorben ist. Mein Schluss beruht natürlich rein auf Erfahrung, aber gewisse Beobachtungen führen mich zu der Überzeugung, dass die Vintas im Kanal in der Tat von Piraten bemannt waren.'

'Sehr schön ausgeführt, Mr. Scott. Haben Sie einen Kommentar dazu, Mr. Brant?'

'Ich stimme damit überein', sagte Rick würdevoll. 'Würden Sie das Wagnis eingehen, eine Vermutung über die Identität dieser vermeintlichen Piraten anzustellen?'

Zircon strich sich gedankenvoll über das Kinn. 'Wir hatten keine Gelegenheit, Hemden zu entfernen und Rücken zu betrachten. Dennoch muss ich die Vermutung wagen, dass diese Männer in den Vintas das Zeichen des Berges tragen.'

'Und warum lagen sie auf der Lauer nach uns?', fragte Scotty.

'Ich vermute, dröhnte Zircon, 'dass es deswegen ist, weil wir genau das Richtige tun. Sie fürchten unseren endgültigen Erfolg. Ergo versuchen Sie, uns zu beseitigen.'

Rick musste grinsen. 'Ich wollte immer mal hören, wenn jemand das Wort 'ergo' benutzt. Aber wie konnten sie wissen, dass wir kommen?'

Zircon schüttelte seinen Kopf. 'Die Inseln in der Nähe sind zu klein, um Funk oder Telefon zu haben. Dennoch waren wir nicht zu umsichtig, was unsere Pläne anbelangt. Der Kellner letzte Nacht oder ein Hausjunge, außen vor der Hoteltür, könnte uns gehört haben, und eine Vinta könnte hier beizeiten hergekommen sein, um eine Falle zu stellen.'

'Wir werden wahrscheinlich niemals sicher sein', sagte Rick.

Plötzlich setzte er ein breites Grinsen auf. Er hatte das Gefühl, das Fortschritte gemacht worden sind.

'Wenigstens', sagte er, 'haben wir die Piraten von Shan getroffen!'

Kapitel IX

Die Moro-Messer

Rick ging zum Bug, als ihr Boot *Swift Arrow* in den frühen Morgenstunden den Hafen von Jolo erreichte. Er benutzte Shannons langes Fernrohr, um einige seltsam aussehende Häuser zu inspizieren, westlich vom Hafeneingang. Er konnte sehen, dass sie auf Pfählen über dem Wasser gebaut und durch eine Reihe von Bambusstegen verbunden waren.

Zircon kam zu ihm hin und borgte sich das Glas, um einem Blick darauf zu werfen. 'Ein Samal-Dorf', erklärte er. Ich hatte bisher keines gesehen, aber ich habe letzte Nacht einen Taschenführer gelesen, den ich im Bayot Hotel mitgenommen hatte. Die Samals sind Moros, bekannt als Fischer.'

'Und Piraten?', fragte Rick.

Trotz des primitiven Eindrucks des Samal-Dorfes waren die Anlegestelle und die Stadt selbst recht modern. Als Scotty die *Swift Arrow* näher heranfuhr, schauten sich Rick und Zircon nach einem Platz um, an dem sie festmachen konnten.

Chahda hatte sie von dieser Mühe befreit. Der junge Hindu zeigte sich auf einem Ballen von Abacá [Manilahanf, auch Bananenhanf oder Musahanf genannt] sitzend und winkte mit beiden Armen, bis sie ihn sahen. Dann deutete er nach links und rannte das Dock hinunter. Scotty manövrierte das Boot neben das Dock, wo er eine kleinere Anlegestelle fand, an der ein paar Vergnügungsboote angebunden waren. Augenblicklich waren sie längsseits. Chahda fasste die Leine und zog das Boot heran.

Sobald sie festgemacht waren, sprang er an Bord. 'Ihr seid früh dran', begrüßte er sie.

'Wir hätten schon letzte Nacht hier sein können, aber wir haben entschieden, es mit Ruhe zu machen, um nicht zu riskieren, dass wir in Vintas hineinfahren, in der Dunkelheit', antwortete Rick.

'Es war eine schöne Reise', fügte Scotty hinzu. 'Wir haben einige Freunde getroffen.'

'Freunde? Ihr meint Schweinswale?'

'Nicht ganz', korrigierte ihn Rick. 'Er meint Piraten. Sie haben einige Schüsse auf uns abgegeben.'

Chahdas weit geöffnete Augen bemerkten die Löcher von den Kugeln, und er murmelte etwas in Hindi vor sich hin.

'Wir waren ein wenig überrascht', fügte Zircon hinzu. 'Wir sind uns nicht sicher, ob sie nur hinter uns her waren. Sie hätten auch für irgendein anderes Schiff gekommen sein können, das entlangkommen würde. Wir konnten uns nicht vorstellen, wie sie so schnell hätten kommunizieren können, es sei denn, sie hatten eine vorherige Warnung bezüglich unserer Pläne.'

Chahda schüttelte seinen Kopf. 'Schlauer als man denkt, diese Moros. Manchmal benutzen sie seltsame Wege, um Briefe über lange Distanzen zu transportieren. Ich bin beeindruckt.'

'Wie sieht so ein seltsamer Weg aus', fragte Zircon.

'Ihr wisst, dass es hier viele Papageien gibt. Die Moros lehren sie zu sprechen und dann die Nachricht zu übermitteln: 'OK Vogel, flieg jetzt los und erzähle Charly die Nachricht.'

Rick und Zircon starrten den jungen Hindi ungläubig an. Scotty war aber schon oft Zielscheibe von Chahdas Humor gewesen und erkannte den Witz zuerst. Er packte den kleinen, jungen Mann und hielt ihn über das schlammige Hafenwasser, trotz seiner Bemühungen sich loszureißen.

'Nimm das zurück', befahl er ihm.

'Schon zurückgenommen!', schrie Chahda. Er richtete sein Hemd, als Scotty ihn wieder heranzog. 'Das ist doch sehr gutes Seemannsgarn', fuhr er fort. Du bist nur zu skeptisch.'

'Nun, wenn Papageien nicht richtig fliegen', fuhr er fort, 'Tauben tun es. Manchmal benutzen meine indischen Freunde Tauben, um Nachrichten auf Inseln zu transportieren, die keinen Funk haben. Warum sollten Piraten das nicht auch tun?'

'Warum nicht?' Rick dachte, dass Chahda sehr wahrscheinlich die Antwort hatte. Brieftauben würden einen wertvollen Zweck erfüllen, in einer so abgelegenen Region, wie die Sulusee, und die Nachricht hätte so den Kanal erreichen können, nachdem sie abgefahren waren.

'Lasst uns in die Kabine gehen', schlug Zircon vor. Die jungen Männer folgten ihm und setzten sich auf die Bojen in gespannter Erwartung.

'Lasst Chahda anfangen'. Hast du etwas herausgefunden?'

Der junge Hindu wiegte seinen Kopf. 'Sehr wenig. Einige Leute sagen, dass die Piraten viele Boote gekapert haben, die nun vermisst werden. Es haben aber nicht viele etwas über Piraten gehört, aber doch mehr als in Davao.'

'Irgendeine Idee, was ihren Unterschlupf betrifft?', fragte Scotty.

'Nichts Genaues. Einige sagen, das müsste weit im Süden sein, nahe Tawi Tawi. Dort gibt es viele unbewohnte Inseln.'

'Ich stimme zu', fügte Zircon an. 'Ich habe die Karte studiert, und das scheint die wahrscheinlichste Gegend zu sein. Wir können direkt nach Borneo weiterfahren, wenn es sein muss. Das ist nur einhundertfünfundzwanzig Meilen von Jolo entfernt. Es ist gut möglich, dass deren Treffpunkt vor der Küste von Borneo liegt.'

Rick meldete sich zu Wort. 'Ich habe über diesen Piratenüberfall nachgedacht. Gestern sind wir rein durch die Geschwindigkeit entkommen, richtig? Unsere Geschwindigkeit wird sich schnell herumsprechen. Nun, wir wollen nicht, dass die Piraten aufgeben, weil unser Boot zu schnell für sie ist. Wir müssen sie dazu bringen, zu denken, dass sie uns erfolgreich angreifen können, denn diese Angriffe sind unsere besten Anhaltspunkte dafür, dass wir auf der richtigen Spur sind.'

Er dachte sich, dass keine weiteren Angriffe die Spur kalt werden lassen, während vermehrte Angriffe bedeuten würden, dass sie heiß ist, um diese alten Begriffe zu gebrauchen. Je näher sie an den Stützpunkt herankommen würden, umso entschlossener würden die Überfälle sein, besonders wenn die Piraten eine Chance sehen, das MTB zu übernehmen.

Rick begriff, was Scotty dachte. 'Du meinst, wir müssen sie davon überzeugen, dass wir nicht mehr schnell sind?'

'Genau das. Es muss Spione der Piraten hier in Jolo geben. Warum verbreiten wir nicht die Geschichte, dass eine unserer Maschinen kaputt ist?'

'Sehr gut', rief Zircon aus. 'Wir könnten dies tun, indem wir betont offen versuchen, einige Ersatzteile für den Motor zu finden.'

'Welche, Scotty? Es müssen solche sein, die man nicht bekommt.'

Scotty dachte eine Weile nach, während ihn die anderen angespannt betrachteten. Plötzlich schnipste er mit den Fingern. 'Ich habs, eine Ventilsteuerung. Ich wäre überrascht, wenn es so etwas in einer Entfernung gäbe, die näher als Manila ist.'

'Ich kann die Zündung so manipulieren, dass die Maschine klingt, als wäre die Motorsteuerung nicht in Ordnung. Das wird es überzeugender erscheinen lassen.'

Zircon erhob sich. 'Das machen wir. Chahda, du hast dich schon in der Stadt umgesehen. Kannst du hierbleiben, während der Rest von uns einen kurzen Ausflug macht? Wir müssen das Polizeirevier besuchen, und ich habe einen Einkauf zu tätigen.'

'Das werde ich gerne tun', versicherte Chahda. 'Zuerst hole ich aber meinen Koffer. Dies Mal werde ich bei euch bleiben, bis wir die Freunde gefunden haben.'

Der junge Hindu brachte sein Gepäck und ein in Papier eingewickeltes Paket aus der Hütte des Wertaufsehers. Rick und die anderen ließen ihn zurück, um auf die *Swift Arrow* aufzupassen.'

Die Hauptstraße von Jolo begann nur wenige hundert Meter von der Werftgegend entfernt. Dort standen vornehmlich hölzernere Geschäftsgebäude und Häuser; es gab aber auch einige wenige aus alten Steinmauern. Die Menschen waren fast alle Moros, mit wenigen christlichen Filipinos gemischt. Sie sahen keine anderen Amerikaner, obwohl es ein paar gab, die in der Stadt lebten.

'Ich wünschte, wir könnten hier mehr Zeit verbringen', bemerke Zircon. Überdies ist Jolo der Hauptort des Islam in diesem Teil der Welt.'

'Von was?', fragte Scotty.

'Islam ist der richtige Name für das, was wir Mohammedaner nennen. Die Moros sind Mohammedaner. Ihr Name kommt von dem alten spanischen Wort für Mauren [Maure = span. Moro]. Wie mir mein Reiseführer sagt, steht auf der Insel das Haus von Sultan Sulu, das geistliche Oberhaupt des Islam in den Philippinen.'

Rick bemerkte ein seltsames Paar von Männern, die die Straße hinuntergingen. Ihre Haut war braun, aber ihr fülliges Haar war von ungewöhnlicher orangene-roten Färbung. Sie liefen mit stark gebeugten Kniegelenken, so als wollten sie sich gleich hinsetzen. Ihre Beine waren spindeldürr und ihre Knie sehr ausgeprägt.

'Das sind Bajaus', sagte Zircon. 'Seezigeuner. Ich erkenne sie durch meine Gespräche mit Tony. Er hatte Interesse daran, sie zu studieren. Sie verbringen ihr gesamtes Leben in Vintas, gewöhnlich in einer kauernden Position. Das ist der Grund für ihre eigentümliche Haltung. Sie haben Schwierigkeiten, aufrecht zu stehen. Das Haar hat diese Farbe, weil Sonne und Salz es so gebleicht haben.'

Zwei Moros liefen vorbei. Sie trugen einen Bambusstab, an dem ein Dutzend kleiner Haie an den Kiemen aufgehängt waren. Rick sah, dass man die Flossen abgeschnitten hatte. Wahrscheinlich wurden sie von Chinesen gekauft, um davon Suppe zu kochen.

Überall gab es Geschäfte. Zircon schaute sie sich aufmerksam an. 'Haltet Ausschau nach einem Eisenwarengeschäft, forderte er sie auf.

Sie erreichten jedoch die Polizeistation, bevor sie einen Eisenwarenhandel gefunden hatten. Rick und Scotty beschlossen draußen zu warten, um die interessante Straßenszene zu betrachten, während Zircon hineinging.

Die Jungs bemerkten, dass viele Moros bewaffnet waren, mit einem Kris oder Barong in ausgefallenen Futteralen. Manche hatten kleine Dolche mit Pistolengriffen, die sie in den Schärpen trugen. Während Rick und Scotty die Dinge beobachten, waren sie auf der Hut vor möglichen Feinden, aber viele Moros schauten sie so neugierig an, dass es schwer war, einen von ihnen als verdächtig anzunehmen. Zur gleichen Zeit hatten sie das Gefühl, dass man sie verfolgte.

Kurz danach kam Zircon zurück und sagte: 'Lacson und Lim haben beide Nachrichten über den Stand der Dinge geschickt. Alle Abteilungen in der Gegend sind alarmiert worden, nach der *Sampaguita* Ausschau zu halten. Nunmehr hat man ihnen auch gesagt, auf Piraten zu achten oder Informationen zu besorgen, die sie betreffen. Unser Bericht über den Überfall ist schon in Manila gelandet. Sie haben keine Zeit verloren.'

Die *Spindrifter* nahmen ihren Gang über die Hauptstraße wieder auf und kamen an ein Geschäft, das Eisenwaren führte. Drinnen sagte Zircon endlich, nach was er suchte. Zur Überraschung der jungen Männer kaufte er zehn Dutzend Schachteln mit Reißnägeln. Er sagte ihnen aber nicht, wofür er sie brauchte.

'Er wird damit die Fakten festnageln', schlug Rick vor.

Scotty schüttelte seinen Kopf. 'Nein, das nicht. Vielleicht braucht er sie als Notnagel.'

Zircon grinste nur und sagte nichts.

Dann folgten Besuche in vier Geschäften für Schiffsausrüstung. Zircon drückte seine Verwunderung aus, in seiner lautesten und höchsten Stimmlage, dass er keine Ventilsteuerung bekommen konnte. Er jammerte über den Verlust von Antriebskraft der Motoren, wenn sie so etwas nicht bekommen könnten. Er klang dabei sehr überzeugend.

'Wir haben es hingekriegt', sagte Scotty zufrieden, als die drei zurück zur Anlegestelle liefen. 'Wusstet ihr, dass uns einer an den Fersen hängt? Er stellt sich auch gut an. Ich hatte Mühe, ihn zu entdecken. Ihr könnt wetten, dass er die schlimme Geschichte vom klagenden Professor gehört hat. Das bedeutet, dass die Besatzungen der Vintas bald von unserer ›kaputten‹ Maschine wissen.'

Die *Swift Arrow* war nun in Sichtweite. Rick schaute einen kurzen Augenblick hin, dann fing er an zu rennen. 'Kommt schnell! Chahda kämpft mit irgendjemanden!'

Rick hatte den jungen Hindu gesehen, wie er tänzelnd auf das Heck des Boots kam und sich dann hinter dem Steuerhaus versteckte, ein langes Messer in seiner Hand.

Die drei stürmten die Anlegestelle hinunter und sprangen an Bord, stoppten aber sofort wieder ab, bei dem, was sie am Heck sahen.

Chahda hatte ein großes Bündel von Bananen an einem geeigneten Haken aufgehängt und schnitt es systematisch in Stücke, mit einem langen Moro-Messer in jeder Hand.

Rick explodierte. 'Was im Namen eines indischen Idioten machst du da?'

Chahda hielt inne mit seiner kriegerischen Tanzeinlage und begrüßte sie an Bord. 'Gefallen euch meine Waffen?'

Rick und die anderen begutachteten sie mit deutlichem Interesse. Eine war ein Barong, mit einer schweren Schneide, etwa zwei Fuß lang. Diese wellte sich am Boden oder, genauer gesagt, an der Schneidkante, war aber auf der Oberseite gerade, die fast einen Zentimeter dick war. Die zweite Waffe war ein Kris, ungefähr in gleicher Länge, aber mit einer Doppelschneide, die beide – in typischer Weise für einen Kris – gewellt waren. Der Kris war mehr wie ein Schwert, aber es war eine Schneidwaffe und nicht für das Zustechen gedacht.

Chahda fuhr mit seiner Vorführung fort, eine Klinge in jeder Hand. Rick war beeindruckt zu sehen, dass er beide Hände gleichermaßen geschickt bewegte.

'Woher kommt das plötzliche Interesse für Waffen?', fragte Rick.

Chahda ließ den Rest der Bananenstaude mit einem Schnitt wegfliegen. 'Wir folgen den Wissenschaftlern. Wir werden sie auch finden. Aber Rick, glaube nicht, dass wir sie ohne einen großen Kampf zurückbekommen werden.'

Kapitel X

Südlich von Sulu

Die *Swift Arrow* umrundete das westliche Ende von Jolo und fuhr in südlicher Richtung den Tapul-Inseln entgegen. Auf der Südseite dieser Gruppe war die Insel Siasi, wo Zircon geplant hatte, einen Halt zu machen, um die Benzintanks zu füllen und wieder in die örtliche Polizeistation zu gehen.

Die vier teilten Wachen ein, zwei Männer auf jeder Wache, je vier Stunden lang. Auf Siasi waren sie im Zentrum des Sulu Archipels und würden die Sulusee hinter sich lassen, um in die Celebessee zu gelangen. Die Sonne brannte am Nachmittag fast senkrecht herunter, bis die Fugendichtung auf dem Deck Blasen warf und die See so aussah, als würde sie dampfen. Sie waren jetzt weniger als sechs Grad oberhalb des Äquators.

In der Nähe der Inseln befanden sich überall Vintas; in diesen waren aber augenscheinlich nur friedliche Samal-Fischerleute. Es gab keine Anzeichen einer Piratenflotte.

'Ich bezweifle, dass uns die Piraten in diesen Gewässern belästigen werden', bemerkte Zircon. 'Das ist zu nahe an den bewohnten Inseln. Ärger wir werden wohl mehr in den Gewässern Richtung Süden bekommen.'

'Sie haben uns aber nahe bei Zamboanga angegriffen', betonte Rick.

'Das ist wahr. Jedoch denke ich, dass dies nur ein eiliger Versuch war, bevor wir zu weit weg waren. Ich bin darüber aber doch etwas verwundert. Natürlich wissen sie, wonach wir suchen, es war in den Zeitungen in Manila, und auch, dass wir nicht aufhören werden, bis wir Tony und Howard gefunden haben. Sie befürchten, dass wir Erfolg haben. Warum sonst sollten sie uns angreifen?'

Rick erkannte den Sinn von Zircons Schlussfolgerungen. 'Dann ist diese mysteriöse Insel nicht schwer zu finden, zumindest nicht für jemanden, der wirklich entschlossen ist.'

'So nehme ich das auch an. Ich denke, dass wir angegriffen werden könnten, wenn wir durch Zufall in Richtung ihres Hauptquartiers fahren. Und das wird wohl auch ein Zufall sein müssen, denn wir haben keine vernünftigen Hinweise.'

In Siasi hatte der Besuch bei der Polizeistation keine weiteren Informationen von Wert ergeben, außer dass sich die Regierung sehr für die Piraten interessiert und ernsthaft besorgt ist. Der Suchtrupp füllte die Benzin- und Wassertanks und sie ankerten im geschützten Hafen. Als es dunkel wurde, holten sie den Anker ein und umrundeten Siasi.

Zircon steckte einen Kurs ab, der sie Süd-Süd-West, in Richtung der Kinapusan Insel, führen wird, und schärfte jedem ein, auf der Hut zu sein.

Chahda und Rick waren in der Kombüse und bereiteten Hamburger für das Mittagessen zu. Dabei erklärte Chahda den Gebrauch von Moro-Messern.

'Du musst daran denken, dass ein Messer nicht nur ein Gegenstand ist, es ist Teil deines Arms und ein scharfes, das deinen Arm länger macht. Du sollst nicht das Messer schwingen, sondern deinen Arm und versuche mit dem Ende deines langen Fingers zu schneiden. OK?'

'Ich habe es verstanden', stimmte Rick zu: 'Denke nicht mehr an das Messer als ein separates Teil. Betrachte es als Stück deines eigenen Körpers.'

'Ja', stimmte Chahda zu. 'Als Nächstes ist die Ausbalancierung des Messers wichtig. Wenn es gut ist, ist es so, als würde es zu dir gehören. Die Moro-Messer sind gut ausbalanciert. Schau…'

Chahda bekam keine Gelegenheit, den Satz zu vollenden.

'Alle an Deck! Piraten!', brüllte Scotty.

Alle an Deck! Piraten!

Rick und Chahda rannten, so schnell wie sie konnten, aus der Kombüse, und Rick schnappte sich dabei den Köcher von Shannon. Eilig baute er den Bogen zusammen und brachte die Sehne an. Dann schwang er den Köcher auf seinen Rücken, als sie das Deck erreichten.

Vor ihnen war eine Reihe von Vintas, die bereits in einem Bogen fuhren, um sie in die Falle zu bringen. Rick drehte sich um und sah, dass andere Moro-Schiffe näherkamen. Diesmal würden sie bald umzingelt sein, es sei denn, sie würden ihre Vortäuschung einer beschädigten Maschine aufgeben.

'Chahda!', schrie Scotty. 'Geh ans Steuer, damit ich mein Gewehr benutzen kann.'

Der junge Hindu nahm seine Messer mit und übernahm von Scotty, der sich extra Munition zurechtlegte und bereit war, zu feuern.

Auch Zircon hatte zusätzliche Magazine für seine Pistole bei sich. Er beobachtete die Vintas durch das Fernrohr.

Rick zog seinen Armschutz und den Fingerschützer an. Da die Vintas noch außerhalb der Reichweite eines Bogenschusses waren, nahm er sich einen Moment, um seine Sehne zu wachsen. Er holte einen Pfeil mit einer kleinen Jagdspitze aus seinem Köcher, nockte ihn auf der Sehne ein und zog ein paar Mal aus, um seine Muskeln zu lockern, wobei er darauf achtete, dass sie nicht versehentlich aus seinen Fingern rutscht.

'Was nun?', fragte er.

'Wir fahren genau geradeaus', antwortete Zircon. 'Chahda, geh fast auf Höchstgeschwindigkeit mit der einen Maschine. Lass den zweiten Motor drehen, benutze ihn aber nicht, es sein denn, wir geraten in ernsthafte Gefahr. Hast du gesehen, dass die uns entgegen kommenden Vintas vor dem Wind fahren? Wenn wir durch diese Reihe durchkommen, haben sie den Wind gegen sich. In anderen Worten, sie müssen gegen den Wind segeln. Dann kommen wir leicht mit nur einer Maschine weg.'

Scotty zeigte auf eine Lücke zwischen einer Vinta mit rosafarbenem Segel und einer, die ein blau-weiß gestreiftes hatte. 'Da ist ein Loch, wo wir durchkommen, Chahda.'

Rick sah, dass die auf sie zufahrenden Vintas näher kamen. Von den Moro-Schiffen würden zwei hintereinanderliegen, wenn das MTB sie erreicht hatte. Er lockerte seinen Köcher und versicherte sich, dass die Pfeile frei greifbar waren. Er könnte bald schießen müssen.

Seine Sinne waren unnatürlich gespannt. Das Wasser war blauer als blau und die kleinen Fetzen von den Schönwetterwolken erschienen in einem brillanten Weiß. Die Segel der Moro-Schiffe waren grellbunt und ihre Besatzungen wirklich wild und malerisch. Seine Sinne waren von der Realität abgekoppelt, als würde er sich einen Film ansehen.

Zircon brachte ihn mit einem Ruck wieder zu Bewusstsein. 'Ziele zuerst auf die Steuermänner.'

Rick konnte nun Schreie hören, als die Moros sahen, dass die *Swift Arrow* fast in Reichweite war. Er rannte auf das Vorderdeck und ging auf ein Knie herunter, den Pfeil eingenockt und bereit. Scotty stieg auf das Steuerhaus und legte sich auf den Bauch, das Gewehr im Anschlag.

Die Schreie der Piraten wurden nun lauter, und einige Moros schwenkten Barongs oder ihren Kris, während andere mit den Gewehren wedelten. Rick unterdrückte ein Schauern. Wenn die Piraten mit diesen Messern an Bord kommen würden…

Die Piratenflotte eröffnete das Feuer. Eine Kugel schlug in das Gehäuse des Ventilators ein, ein Fuß von Ricks Kopf entfernt, aber er zwang sich, zu warten. Es war immer noch ein wenig zu weit für einen Bogenschuss.

Für Scotty spielte die Entfernung jetzt keine Rolle. Rick hörte den scharfen Knall des Gewehrs seines Freundes und sah den Moro-Steuermann in der nahe gelegensten Vinta vorneüber fallen. Das Boot wich vom Kurs ab. Ein anderer Moro sprang hin, um seinen Platz einzunehmen, und der zweite Schuss von Rick ließ das Ruder in seiner Hand zersplittern.

Eine andere Vinta kam auf knapp zwanzig Meter heran. Ein leichter Schuss für Rick. Er berücksichtigte das Auf und Ab des Boots auf den Wellen. Dann, als es leicht quer stand, hatte er eine gute Schussgelegenheit auf den Steuermann. Im Knien zog er schnell aus und ließ los. Der Schaft traf den Moro in Senke seiner Schulter und warf ihn zurück an den Heckbalken.

Rick griff nach einem anderen Pfeil, in dem flüssigen Rhythmus den Shannon ihm beigebracht hatte, aber dieser Takt wurde abrupt unterbrochen, durch einen plötzlichen Knall, der fast direkt in seine Ohren kam. Er drehte sich schnell herum, um der neuen Bedrohung zu begegnen, gerade rechtzeitig, um zu sehen, wie Zircon den Verschluss der Salutierkanone öffneten und eine rauchende Hülse herausnahm.

Für einen Moment dachte Rick, dass der Wissenschaftler seiner Sinne beraubt war. Er sah, wie Zircon eine neue Kartusche hinein rammte und den Verschluss verriegelte.

Doch plötzlich ergab die Aktion einen Sinn für Rick, da Zircon die Mündung der Kanone herumdrehte und eine Schachtel mit Reißnägeln einfüllte.

Der Wissenschaftler drehte die Mündung zurück und senkte sie leicht ab, zielte ruhig und zog an der Schnur. Eine Schwade von Reißnägeln wurde in den Bug der nächstgelegenen Vinta hineingespuckt und verursachte einen Chor von Piratenschreien. Das Boot bog rasch ab.

Mit Freudenschreien wegen des Einfallsreichtums des Wissenschaftlers, sprang Rick an Zircons Seite. Nun arbeiteten sie zusammen und feuerten Inhalt nach Inhalt von Reißnägelschachteln, bis sie sahen, wie die Vintas langsam den Weg freimachten.

Die Moros konnten sich, ohne Zweifel, kaltem Stahl oder heißem Blei stellen, aber die wütenden und stechenden Reißnägel waren zu viel und zu unerwartet.

Es gelang den Piraten nicht, den Angriff im wichtigen Moment durchzuführen, und die *Swift Arrow* huschte durch die Reihe hindurch.

Wie Zircon vorausgesagt hatte, gab ihnen ein Motor genügend Geschwindigkeit, davonzukommen, sobald die Moros nicht mehr den günstigen Wind im Rücken hatten. Scotty feuerte ein paar Schuss auf die Vintas, die noch in Reichweite waren, und sprang aufs Deck zurück.

Der Kampf war vorbei.

Die vier versammelten sich im Steuerhaus, und die drei jungen Männer starrten Zircon an, in einer Mischung aus Bewunderung und Vergnügen.

'Das ist nichts Besonderes', sagte der groß gebaute Wissenschaftler bescheiden. 'Ich war ein sehr eifriger Leser. Eines Tages, während ich auf der Universität war, habe ich von einigen Weltumseglern gelesen, die Reißnägel in einer Signalkanone verwendet hatten. Deshalb kann ich diese Erfindung nicht für mich reklamieren.'

'In meinem Weltalmanach stand nichts dergleichen', sagte Chahda und grinste. 'Es ist ein großes Glück, dass sie ein gutes Gedächtnis auch für andere Bücher haben, Professor!'

Rick schaute zurück zu den Vintas, die schnell hinter dem Heck zurückfielen. Die Piraten waren nun weit außer Reichweite eines Gewehrschusses. 'Sieg auf See', rief er aus. 'Dank der College-Erziehung des Professors!'

Kapitel XI

Die tanzenden Piraten

Die *Swift Arrow* erreichte in der aufkommenden Dunkelheit einen Ankerplatz in einer behaglichen Bucht, der von einer u-förmigen Insel der Kinapusan Gruppe umschlossen war. Sie war sehr klein und unbewohnt und von größeren Inseln umgeben, die eine Art von Schirm darum bildeten.

'Lasst uns hoffen, dass wir die Nacht ungestört verbringen können', donnerte Zircon, als er seine letzte Tasse Kaffee trank. 'Ich könnte einen guten Schlaf gebrauchen.'

'Wir alle könnten den gebrauchen', stimmte Rick zu. Er nahm noch etwas von dem Eintopf, den Scotty zusammengebraut hatte. 'Das war ein seltsames Gefecht. Es war zwar in wenigen Minuten vorbei, aber ich fühle mich so, als hätte ich eine Woche lang harte Arbeit verrichtet.'

'Das ist eine völlig normale Reaktion', entgegnete Zircon. 'Unser Gehirn und unsere Körper sind wunderbare Dinge. Wenn wir uns in Gefahr befinden, schaltet unser ganzes System in den höchsten Gang. Unsere Hormondrüse sorgt dafür, dass wir bereit sind für schnelle Handlungen oder Verletzungen. Wir arbeiten auf der höchsten Stufe unserer körperlichen Leistungsfähigkeit. Dann, wenn die Gefahr vorüber ist und unser Gehirn uns signalisiert, dass wir wieder zum Normalzustand gekommen sind, zeigen sich die Effekte der Reizüberflutung in einer Art Erschöpfung.'

Das stimmte, wie es Rick am eigenen Leib erfuhr. Es schien, dass er vor einem Kampf fast steif vor Angst war, dann aber so kühl, wie nur möglich, während er stattfand, und schlaff wie gekochtes Gemüse danach.

Zircon wechselte das Thema. 'Scotty, als du die Piraten zum ersten Mal gesehen hast, aus welcher Richtung sind sie da gekommen?'

Der junge Mann dachte nach. 'Fast direkt von Süden', sagte er schließlich. 'Als sie uns gesichtet hatten, hat sich ihre Reihe nach Osten gerichtet, auf einen Abfangkurs. Sie sind aber ursprünglich von Süden gekommen.'

'Nicht von Südwesten?', insistierte Zircon.

'Nein. Wenn überhaupt, war es ein wenig östlich von Süden, aber nicht Westen.

'Mmmh. Das war auch mein Eindruck, aber ich wollte sichergehen. Nun, der Karte nach liegen die meisten verstreuten Inseln der Tawi Tawi Gruppe mehr westlich, als südlich von hier. Wenn die Piraten direkt vom Süden her gekommen waren, bedeutet das, dass sie einen großen Bogen gemacht haben, um die bewohnten Inseln zu meiden.'

Chahda fragte: 'Was meinen Sie damit, Sir?'

'Ich bin nicht sicher. Ich denke, dass wir besser das Seegebiet östlich von der Tawi Tawi Hauptkette durchsuchen sollten. Die Piraten wären bestimmt aus einer westlichen Richtung gekommen, wenn sie ihren Stützpunkt irgendwo in der Nähe von Tawi Tawi hätten.'

Der groß gewachsene Wissenschaftler stand auf. 'Ich weiß nicht, wie es euch geht, aber ich gehe ins Bett. Wer hat die erste Wache?'

'Ich bin von acht Uhr bis Mitternacht dran', antwortete Rick. Es ist schon nach acht, also bin ich jetzt bereit. Chahda löst mich um zwölf Uhr ab, Sie kommen um vier Uhr und Scotty wacht für den Rest der Nacht.'

Sie hatten die Ankerwachen so eingeteilt, denn ein einziger Aufpasser würde genügen, solange sie vor Anker lagen. Es würde jedem von ihnen einen guten Schlaf erlauben.

Zircon und Chahda zogen sich sofort zurück, aber Scotty lungerte noch herum. Die beiden saßen auf dem Achterdeck und schauten sich für eine Weile die Sterne an.

'Wie geht es voran?', fragte Scotty still.

Rick wusste sofort, was er meinte. 'Ich habe meine Befürchtungen', sagte er. Es ist ein großer Ozean und wir könnten das Ziel leicht verfehlen. Ich denke auch darüber nach, was Chahda gesagt hat. Selbst wenn wir Tony und Shannon finden, können wir sie nicht ohne einen Kampf zurückbekommen. Da muss es Hunderte von Piraten geben, wenn uns die Flotten, die wir gesehen haben, als Beispiel dienen.' Er war sich sicher, dass der nördliche Angriff von einer anderen Gruppe durchgeführt wurde, als von der, die uns früher am Tag angegriffen hatte.'

'Denkst du, dass die beiden noch am Leben sind?', fragte Scotty.

'Wir müssen annehmen, dass es so ist. Was können wir sonst tun?'

'Nichts', antwortete Scotty verständig. 'Außer, dass wir unsere Gebete gewissenhaft sprechen.'

'Amen,' sagte Rick. 'Geh ins Bett, du musst müde sein.'

'Das bin ich', bestätigte Scotty. 'Ich sehe dich am Morgen.'

Nachdem Scotty nach unten gegangen war, saß Rick still da und verließ sich mehr auf seine Ohren, als auf seine Augen. Wieder und wieder dachte er noch einmal über jedes Detail der Informationen nach, die sie erhalten hatten. Er ging erneut alles durch, um zu sehen, ob er nicht doch etwas Wichtiges übersehen worden ist. Schließlich beschloss er, dass er alles was möglich getan hatte. Der Rest würde Durchhaltevermögen und Glück sein.

Seine Gedanken drehten sich um zuhause und er überlegte, was wohl seine Leute machen würden. Es war neun Uhr am Abend,

Manila Zeit. Auf *Spindrift* war es noch acht Uhr morgens. Die Familie wird sich beim Frühstück versammeln, und Barby würde Dismal, dem Familienhund, Stücke vom Speck unter dem Tisch zustecken.

Rick beschloss ein Telegramm aus Tawi Tawi zu schicken, sollten sie dort Halt machen. Er wusste, dass seine Familie besorgt war und sicher wissen wollte, wie sich die Dinge entwickeln.

Die Zeit auf der Uhr lief herunter, ohne dass sich etwas ereignete. Einige Minuten vor Mitternacht weckte Rick Chahda auf und beide tranken ein Glas mit einer kalten Cola. Dann ging er ins Bett und fiel sofort in den Schlaf.

Ein innerer Instinkt weckte ihn wieder. Für einen Moment lag er still da, sein Herz schlug heftig und seine Augen blinzelten in der Dunkelheit. Dann hörte er das Tapsen von nackten Füßen, als Scotty aufstand.

'Was gibt's?', flüsterte Rick.

'Ich bin wahrscheinlich nur nervös', flüsterte Scotty zurück.

Rick war nun hellwach. Er schlüpfte in seine Hose und Schuhe, während Scotty das Gleiche tat. Ein paar Minuten in der kalten Luft an Deck würde sie wieder müde machen, dachte er.

'An Deck!', gab Chahda einen wilden Schrei von sich. 'Kommt schnell!' Die Worte wurden durch Gewehrfeuer unterbrochen.

Sofort sprang Zircon auf die Füße und rannte zur Tür.

Rick kam in den weniger dunklen Teil des Decks, gerade rechtzeitig, um zu sehen, wie Chahda auf sich bewegende Schatten im Wasser schoss. Der Schuss des jungen Hindu wurde von einem Dutzend Gewehren beantwortet, und Rick hörte Chahda nach Luft schnappen.

'Piraten!', schrie Chahda. 'Wo ist das Licht?'

Als Antwort schaltete Scotty das Suchlicht des Boots ein und schwenkte es herum. Ein Dutzend Vintas kamen schnell näher, die durch Paddel vorangetrieben wurden. Er dachte kurz daran, dass ihn ein Geräusch oder ein Gefühl der Angst aufgeweckt haben musste. Dann griff er sich Shannons Bogen, begriff aber im gleichen Augenblick, dass er in der Dunkelheit wenig hilfreich sein würde, und legte ihn wieder weg.

Zircon schnappte sich die Pistole von Chahda, während Scotty sein Gewehr nahm. Die beiden feuerten konstant ihre Waffen ab, was mit wütenden Salven beantwortet wurde, als die Piraten versuchten, das Licht auszuschießen. Sie kamen nahe heran, aber die Scheinwerfer nahmen keinen Schaden. Rick dankte seinem Schutzengel, dass sie so miserable Schützen waren.

Es war offensichtlich, dass sogar die Pistole und das Gewehr die Piraten nicht daran hindern konnten, an Bord zu kommen. Rick sprang an die Steuerung und startete die Motoren. Wenn sie nur den Anker loswerden würden, könnte es möglich sein, dass sie durch die Boote der Piraten hindurchstoßen und die Sicherheit des offenen Wassers erreichen könnten. Aber sobald er sich Chahdas Kris ausborgte und zum Bug rannte, um den Anker zu kappen, rammte das erste Vinta in das Torpedoboot.

Dunkle Gestalten schwärmten, mit durchdringenden Schreien, über die die Seite aus. Rick rannte zu ihnen hin, um ihnen zu begegnen, und schwang den Kris.

Er nahm undeutlich wahr, dass die Schreie der Piraten sich irgendwie in Gekreische verwandelten, als würden sie von Schmerzen geplagt. Seine Gedanken drehten sich aber nur um die eine Sache, wie die Piraten wieder vom Deck herunterzukriegen waren. In dem schwachen, diffusen Licht, an den beiden Seiten des Strahls des Suchlichts, sah er, dass sie tanzten – wild, wie die Indianer in einem Fernsehwestern.

Scotty rannte ebenfalls an Deck, und die beiden jungen Männer trafen im selben Moment auf die Moros. Rick schwang das Messer wie einen Dreschflegel, währen Scottys Gewehrkolben die Körper und die Köpfe traf.

Die Moros drehten allesamt um und gingen über Bord.

Zircon schrie: 'Da, dahinten, ein anderes Boot!'

Rick und Scotty hatten aber ihren eigenen Ärger. Moros strömten vom Bug her über das Deck, wo eine andere Vinta am Ankerseil festgemacht hatte. Die Jungs rannten hin, um dem neuen Angriff zu begegnen, und waren wiederum erstaunt, dass die Piraten den gleichen Schreitanz aufführten. Dann kämpften sie wieder und Rick schwang seinen Kris mit tödlichem Effekt, zu fieberhaft, um sich wundern zu können, warum die Moros nicht entschlossener vorgingen.

Vom Bug her kam der wilde Schrei Zircons, ein großes Donnern, das einen Beiklang von Schmerzen hatte. Rick hielt den Atem an. War der große Wissenschaftler zu Boden gegangen?

Aber der Brüllton kam wieder, und er wusste, dass Zircon noch am Leben war. Rick konnte im Moment ohnehin nichts tun, außer den Kris zu schwingen, bis er das Gefühl im Arm hatte, dass seine Muskeln Feuer gefangen hatten.

Neben ihm rammte Scotty den Gewehrkolben ins Ziel, was einen der Piraten von den Füßen hob und er raus ins Wasser geschleudert wurde. Es dauerte einen Augenblick, bevor Rick bemerkte, dass das Deck leer war. Dann drehte er sich um und rannte zum Heck, während Scotty sein Gewehr wieder richtig herum in die Hand nahm und die Vinta im Scheinwerferlicht von Piraten säuberte. Aus den Augenwinkeln konnte er beobachten, wie sich die Moros von der Vinta am Bug durch das Wasser davonmachten, zu den anderen Booten hin oder dem Ufer entgegen.

Am Heck richtete sich Zircon auf, wie ein mächtiger Sieger in der antiken Mythologie. Rick sah, wie er einen Piraten mit dem ganzen Körper hochhob, dessen Waffe aus der Hand fiel, und ihn zwei anderen Angreifern entgegenschleuderte. An der Seite des Wissenschaftlers kämpfte Chahda tapfer mit seiner linken Hand und sein fliegender Barong schimmerte in dem diffusen Licht des Suchscheinwerfers. Als Rick seine Freunde erreichte, war das Deck frei.

Chahda rannte zum Scheinwerfer und drehte ihn herum. Rick sah, dass die Vintas abzogen, begleitet von Wutschreien der Piraten. Vom Bug aus schoss Scotty, so schnell er zielen und abdrücken konnte, und unterbrach nur, um ein neues Magazin einzustecken. Das Gegenfeuer hielt an, aber ohne Ordnung und Begeisterung, und nach ein paar Augenblicken verstummte es ganz.

'Sie sind weg', sagte Rick erleichtert. 'Ist jemand verletzt?'

'Ein wenig', antwortete der junge Hindu. 'Wenn wir Zeit dazu haben, könnte ich ein Pflaster gebrauchen.'

Scotty gesellte sich zu den dreien am Bug. 'Ich hole den Verbandskasten. Professor, sind sie verletzt?'

'Es brennt wie Feuer', antwortete er grimmig. 'Ich werde nie wieder derselbe sein. Er sank auf einen bequemen Stuhl und begann seine Füße zu untersuchen. Lasst uns aber von hier verschwinden und um Chahda kümmern, wenn wir auf dem Weg sind. Sie könnten wieder angreifen, wenn sie Schuhe finden.'

Der Kommentar verblüffte Rick, aber er hielt nicht inne, um nachzufragen. Er rannte los, um den Anker zu liften, und fand, dass die Vinta immer noch am Seil hing. Für einen Moment dachte er darüber nach, sie loszuschneiden, aber dann erkannte er, dass sie von den Piraten geholt und wieder gegen sie verwendet werden könnte. Er band das Seil der Vinta vom Anker los und brachte es an einem Poller an, während er den Anker einholte.

Die Vinta war nicht schwer und leicht zu ziehen. Er brachte es näher an den Bug des MTB heran und verband das Seil mit einem Haken. Scotty war bereits am Steuerrad.

'Los!', dirigierte Rick.

Scotty richtete den Strahl des Suchlichts zum Eingang des Hafens hin und schaltete die Motoren zu. Das MTB bewegte sich mit zunehmender Geschwindigkeit und folgte einem freien Pfad, der vom Scheinwerfer vorgeben wurde. Einmal erfasste das Licht eine Vinta, aber weit neben ihnen auf der Seite. Scotty fuhr einen weiten Bogen.

Als sie die Bucht verlassen hatten, holte Rick den Verbandskasten und nahm Chahda mit hinunter in die Kabine. Die Schulter des jungen Hindu war blutbefleckt, Rick schnitte ihm eilig die Kleider auf, mit einiger Angst davor, was er vielleicht sehen würde. Zircon gesellte sich zu ihnen und schaute gespannt zu.

'Es ist nicht so schlimm', sagte Chahda. Es hat mich nur ein paar Minuten vom Kämpfen abgehalten.'

Rick sah, dass der junge Hindu recht hatte. Eine Kugel hatte seine rechte Schulter gestreift und hinterließ eine tiefe Rille, aus der das Blut strömte. Es war schmerzhaft, aber wenigstens hatten sie nicht das Problem, eine Kugel herausholen zu müssen. Er sterilisierte die Wunde und umwickelte sie fest mit Verbandsmull. Dann wusch er das Blut von Chahda ab und brachte ihn ins Bett, in eine Decke eingewickelt, für den Fall eines Schocks.

'Was ist mit Ihnen, Professor?, fragte Rick. 'Sie sagten etwas von verwundet sein, aber ich sehe kein Blut.'

Zircon lachte grimmig in sich hinein. 'Jedenfalls nicht viel Blut. Wie kam es eigentlich, dass du Schuhe anhattest?'

Rick erklärte ihm, dass er und Scotty aufgewacht waren, bevor der Angriff stattfand, und sich teilweise angezogen hatten, bevor sie auf Deck kamen.

'Dann weißt du es also nicht', sagte Zircon. Dabei legte er seinen Kopf zurück und brüllte vor Lachen. 'Hast du jemals etwas Verrückteres gesehen, als diese tanzenden Piraten? Ich dachte, dass sie in alle durchgedreht sind.

Rick starrte den Wissenschaftler an. 'Das habe ich bemerkt', sagte er. 'Ich habe mich auch darüber gewundert.'

'Aber du kennst den Grund nicht!' Zircon zeigte auf Chahda, der schwach aus seiner Koje heraus lächelte. 'Da liegt der Grund von alledem. Er schlug den Feind in die Flucht, ohne große Hilfe von uns, sogar als er schon verwundet war.'

Rick drehte sich herum, um Chahda anzustarren. 'Von was redet er?'

'Der junge Hindu schüttelte mit dem Kopf. 'Ich war müde und hatte Angst, vielleicht einzuschlafen. Was habe ich also gemacht? Ich habe alles so eingerichtet, dass ich den Piraten wehtue, aber das habe ich auch mit dem Professor gemacht. Das tut mir sehr leid.'

'Aber wie', verlangte Rick zu wissen.

'Oh, ich habe mich daran erinnert, dass ich in Jolo gesehen hatte, dass die Moros nie Schuhe tragen. Jedenfalls nicht viele von ihnen.'

'Zircon hatte auch Schuhe erwähnt', knurrte Rick mit Ungeduld. 'Was haben Schuhe damit zu tun?'

Chahda grinste. 'Ich habe mir etwas von der Kanonenmunition des Professors ausgeliehen. Die habe ich in der ganzen Ecke des Decks verstreut, und als die Piraten gekommen sind, haben sie getanzt, und bald hatten sie genug.'

Rick hatte es nun verstanden und lachte so lange, bis Scotty seinen Kopf hereinsteckte, um zu sehen, was los war.

Rick zeigte auf Chahda. 'Dieser Hindu-Zauberer tönte er. 'Weißt du, was er getan hat? Er Reißnägel auf dem Deck verstreut; kein Wunder, dass die Piraten getanzt haben!'

Kapitel XII

Die Suche auf dem weiten Meer

Auf der *Swift Arrow* kam eine Atmosphäre der Aufregung auf. Rick fühlte es, und er wusste auch, dass es den anderen genauso ging.

Stück für Stück grenzten sie ihre Suche ein. Da nur noch wenige Inselgruppen übrig blieben, hatte er das sichere Gefühl, dass es nicht mehr lange dauern würde, bis sie den Stützpunkt der Piraten gefunden hatten.

Die *Swift Arrow* hatte ihren schmalen Bug in nahezu jede Bucht in der weiten Tawi Tawi Gruppe gesteckt und in den Hafen von Dungun gebracht, um aufzutanken. Seit der Piratenattacke zwei Nächte zuvor, hatten *die Spindrifter* die Tawi Tawi Inseln praktisch ausgeschlossen, das Versteck der Piraten zu sein.

Hobart Zircon, der den Fortschritt auf der Karte überprüfte, rief die Jungs zusammen. 'Es gibt nur noch eine Inselgruppe in der unmittelbaren Umgebung, die übrig bleibt', ließ er sie wissen, 'und ich bin mit nicht einmal sicher, dass sie sich in philippinischen Gewässern befindet.'

Rick studierte den Fleck auf der Karte, der von dem großgewachsenen Wissenschaftler eingezeichnet wurde. Es gab nur drei Inseln in der Datu Amman Gruppe [hier scheint es sich wieder um einen fiktiven Ort zu handeln. 'Datu' bedeutet Fürst = Fürst Amman Inseln. Geografisch wird er in die Celebessee, Richtung Indonesien, angesiedelt].

'Sie sind ziemlich weit im Südosten', kommentierte Rick. Fast genau an der Grenze zwischen Indonesien und den Philippinen. Fahren wir als Nächstes dort hin?'

Zircon stellte einen dicken Finger auf die Karte. 'Das sollten wir am besten versuchen. Wenn wir da nichts finden, können wir nach Südwesten in Richtung der Sibutu Insel fahren.'

'Diese Datu Amman Inselgruppe ist nicht sehr groß', bemerkte Rick. 'Das ist aber die generelle Richtung, aus der die Piraten gekommen sind. Wir müssen jede Insel in dieser Zone ausschließen, bevor wir nach Sibutu oder Borneo gehen.'

'Unsere Tanks sind voll', sagte Scotty. 'Wir können eigentlich loslegen.'

'Das denke ich auch', stimmte Chahda zu. 'Wir werden keine Insel auslassen. Sie sind außerdem ziemlich weit draußen, weg von den Schiffsrouten. Das könnte ein guter Platz für Piraten sein.'

'Das sind auch meine Gedanken', sagte Zircon. 'Wer ist am Steuerrad?… Chahda?... Gut. Richtung Südosten, und ich arbeite eine Route aus.'

'Warum benutzen wir nicht beide Motoren?', schlug Rick vor. 'Dann können wir noch vor Einbruch der Dunkelheit dort sein. Wenn sich nichts zeigt, können wir die Nacht nach Sibutu durchfahren. Es ist alles freies Gewässer.'

'Wenn wir beide Maschinen laufen lassen, sollte einer besser Wache von oben auf dem Steuerhaus halten', fügte Scotty hinzu. 'Wenn wir dann Vintas sehen, können wir Geschwindigkeit herausnehmen. So müssen wir nicht unsere Tarnung als teilweise beschädigtes Schiff aufgeben.'

'Eine gute Idee', stimmte Zircon zu. 'Ich denke, du fängst an, Scotty? Rick kann dich später ablösen.'

Rick musste grinsen. 'Das hat man nun davon, wenn man gute Ideen hat. Ich sage dir was. Bei Kopf übernehme ich oben die erste Wache, bei Zahl werde ich das Essen zubereiten.'

'Gemacht', sagte Scotty. Er holte ein Centavo-Stück hervor und warf die Münze hoch. Rick hatte gewonnen und stieg auf das Dach des Steuerhauses, während Scotty nach unten ging und ein paar Sandwiches zubereitete.

Rick saß in einem mit Leinen bezogenem Stuhl, den ihm Zircon hochgereicht hatte und betrachtete die See. Dann schwenkte er Shannons Fernrohr den Horizont entlang. Die *Swift Arrow* pflügte sauber durch das Wasser, und beide Maschinen röhrten mit dreiviertel Kraft.

Sie fuhren nun durch die Celebessee und das Sulu Archipel verschwand schnell hinter dem Heck. Es war ein ruhiger, klarer Tag, ohne eine einzige weiße Schaumkrone, die das perfekte Blau des Meeres stören würde. Ab und zu kam ein Schwarm von Fliegenden Fischen unter dem Bug des MTB aus dem Wasser, und Rick sah zweimal Haie, einer davon ein Hammerhai. Es gab aber keinerlei Anzeichen von Vintas.

Zircon verteilte Sandwiches und Kaffee und löste dann Chahda am Steuer ab. Die Schulter des jungen Hindu verheilte sehr gut, aber sie war immer noch ein wenig steif. Er achtete darauf, seinen Arm nicht mehr als notwendig zu bewegen, aus Angst, dass die Wunde aufbrechen würde.

Der Nachmittag verging, ohne dass sich ein Segel hätte blicken lassen. Scotty löste Rick ab, der sich dann auf dem Hinterdeck ausruhte. Der junge Mann schaute auf seine Uhr. Sie müssten die Inseln bald erreichen.

Plötzlich rief Scotty aus: 'Segel, ahoi!'

'Wie viele?', fragte Rick.

'Nur eines, am Horizont, neben der Backbordseite.'

Rick übernahm nun das Steuerrad von Chahda, und der junge Hindu rannte nach unten und sagte, dass er einen kalten Schluck einnehmen wollte, bevor der Kampf beginnt. Rick hielt nach dem Segel der Vinta Ausschau, aber noch bevor das Schiff für ihn aus seinem niedrigeren Blickwinkel heraus sichtbar wurde, rief Scotty wieder aus: 'Land! Hinter der Vinta. Sieht wie ein Korallenatoll aus. Ich kann die Spitzen von Palmen sehen.'

Zircon überprüfte die Karte. 'Es sollte die westlichste der drei Inseln sein, sagte der Wissenschaftler. Scotty, gibt es noch mehr Vintas?'

'Nur das eine', antwortete dieser.

'Steuere auf die Insel zu, Rick!, befahl Zircon Rick an. 'Wir wollen uns das von Nahem betrachten.'

Chahda kam aus der Kombüse mit einer kalten Cola für alle Männer. Sie tranken, während sie darauf warteten, dass das Boot nahe genug für eine Begutachtung der Insel herangekommen war. Nach kurzer Zeit hatten sie eine klare Sicht darauf. Wie Scotty gesagt hatte, war es ein Korallenatoll. Sein höchster Punkt lag keine zehn Fuß über dem Meeresspiegel.

Sie fuhren an der Vinta in einem Abstand von einhundert Metern vorbei. Es waren nur drei Mann an Bord und sie fischten.

Dann fuhr Rick näher an die Insel heran, während Scotty nach seichten Stellen und Korallenspitzen Ausschau hielt.

Die Einzelheiten waren nun deutlich sichtbar. Es gab ein Dutzend Hütten auf der Insel und nur eine Handvoll von Leuten war zu sehen. Zircon nahm das Fernrohr von Scotty und schaute sich alles sorgfältig an. 'Anscheinend ist das eine kleine Fischergemeinschaft. Ich sehe Netze und drei andere Vintas, die auf das Ufer gezogen wurden. Es scheint… Wartet!'

Rick schaute zu, als der Wissenschaftler das Fernrohr gen Himmel richtete. Für einen Moment verfolgte er etwas, dann nahm er es wieder herunter und machte ein grimmiges Gesicht.

'Ich habe einen Blick auf einen Mann erhaschen können, der etwas in die Luft losgelassen hatte und konnte es mit dem Glas erkennen. Es war eine Taube. Ihr wisst, was das heißt!'

Die Jungs kapierten sofort. 'In welche Richtung sind sie geflogen', fragte Rick.

'Direkt nach Osten.'

Ohne ein weiteres Wort drehte Rick das MTB in die Richtung. Er wusste von der Karte, dass die größte der Datu Amman Inseln dort lag. Die dritte Insel war ungefähr zehn Meilen nördlich. Das Loslassen der Taube konnte nur bedeuten, dass die Insel, die sie nun passierten, nur ein Aussichtspunkt war, von dem aus die Leute auf der größten Insel jetzt von ihrem Kommen informiert wurden. Und das wiederum bedeutete… was? Rick hatte eine gute Vorstellung davon, wie sich bald herausstellen sollte!

'Land, ahoi!, rief Scotty herunter. 'Es ist eine Art von Erhebung.'

Rick sah es einen Augenblick später, ein goldener Schimmer auf dem Ozean, als die schnell versinkende Sonne auf das Land traf.

Die vier sahen, wie die Landmasse langsam Gestalt annahm. 'Es ist ein Berg, wie ich vermute', sagte Zircon, mit Aufregung in seiner donnernden Stimme. 'Er sieht aus wie ein Vulkankegel. Kannst du ihn genau erkennen, Scotty?'

'Es ist ein Kegel, sagte er, 'und nicht viel Land darum herum. Achtung, Vintas voraus! Da müssen Hunderte von ihnen sein!'

Rick fühlte, wie die Aufregung seinen Körper durchdrang. Das waren zu viele Vintas für eine Fischergemeinschaft auf einer so kleinen Insel!

'Sie formieren sich zu einer Reihe zwischen uns und der Insel!', rief Scotty einen Moment später herunter.

Rick konnte die Spitzen der Segel ausmachen, und als die *Swift Arrow* vorwärtsfuhr, tauchte die gesamte Flotte langsam auf. Scotty hatte recht. Die Vintas schwammen in einer Linie – wie zu einer geplanten Verteidigung aufgereiht!

Man konnte nun fast die gesamte Insel überblicken. Ein Vulkankegel, vielleicht fünfhundert Fuß hoch, bedeckte den größten Teil der Landmasse. Vom Fuß des Kegels breitete sich ein flaches Gebiet zu dem MTB hin aus, das an einem weißen Strand endete.

'Geh bis aus Gewehrschussdistanz zu den Vintas', kam die, mit grimmiger Stimme gesprochene Anweisung von Zircon. 'Lass uns sehen, ob sie wirklich feindlich gestimmt sind. Wenn das der Fall ist, wissen wir, dass wir etwas gefunden haben. Und vergiss den kaputten Motor. Er hat seine Schuldigkeit getan.'

Rick bestimmte seinen Kurs mit Vorsicht. Er würde das MTB auf einer schrittweise wendenden Biegung fahren, die sie bis auf Schussdistanz heranbringen würde, aber auch in eine Position, um schnell wieder zu verschwinden. In ein paar Minuten würden sie die Stelle erreicht haben. Er drückte die Daumen. Die Dinge sahen vielversprechend aus. War das nur das Ende der Suche?

Er fuhr ein wenig langsamer, um eine gute Geschwindigkeitsreserve zu behalten, hielt das MTB auf dem geplanten Kurs und bog zu dem einen Ende der Reihe ein. Er sah das Auslegerschiff, wie es seine Segel straffte, als sie wendeten, um ihn abzufangen. Dann, als ihn die lange Kurve in Schussdistanz gebracht hatte, drehte er das Steuer hart herum und fuhr auf der Breitseite der Reihe mit den grellen Segeln.

Scotty rief aus: 'Passt auf! Köpfe runter!' Er lag nun flach auf dem Dach des Steuerhauses, sein eigenes Gewehr nahe bei ihm.

Wie ein Echo auf seine Warnung schrie Chahda: 'Sie schießen!'

Rick konnte die Schüsse über das Motorengeräusch hinweg nicht hören, aber er glaubte Chahdas Worten. Er drehte weiter am Steuerrad und brachte die Reihe der Boote hinter das Heck.

Scotty sprang auf das Deck.' Sie haben mehrere Male auf uns geschossen, aber nicht getroffen. Ich konnte das Mündungsfeuer sehen.'

Zircon nickte. 'Ich habe auch Mündungsfeuer gesehen. Männer, es sieht so aus, dass wir wirklich etwas gefunden haben, eingeschlossen einen Berg. Ich schlage vor, dass wir nun alles gründlich untersuchen.'

'Wie ist ihr Plan?', fragte Rick.

'Fahr ganz um die Insel herum, in geringem Abstand. Mach einen großen Bogen, um vom Norden her zu kommen, und gehe dann im Uhrzeigersinn vorbei. Bleib dabei so dicht am Ufer, wie es die Sicherheit erlaubt.'

'Wir können den Vintas ohne Mühe davonfahren. Falls es notwendig ist, können wir sogar in die Reihe hineinfahren, um einen besseren Blick zu bekommen.'

Der riesige Wissenschaftler zitterte fast vor Aufregung.

Rick verlor keine Zeit, um nach Norden abzudrehen, weg von den Vintas. Scotty ging wieder auf das Dach des Steuerhauses, um nach flachen Gewässern Ausschau zu halten. Als sie weit von der Reihe der Vintas weg waren, fuhr Rick zurück und richtete den Bug des MTBs auf das nördliche Ufer der Insel. Er nahm sein Taschentuch heraus, um sich die Handflächen abzureiben, die aufgrund der Aufregung plötzlich feucht geworden waren. Das musste der Ort sein!

Er konnte nun sehen, dass die Spitze des Vulkans den gesamten östlichen Teil der Insel belegte. Er fiel tief in den Ozean hinein ab, am östlichen wie auch am nördlichen Ufer. Der unbewohnbare Landteil war ein breites Felsenriff, das vom Fuß des Vulkans, bis zu den westlichen Ufern hin, abfiel.

Als das MTB sich der Insel näherte, wurden weitere Einzelheiten sichtbar. Es gab einen schmalen, sichelförmigen Strand am Nordufer, aber an den meisten Stellen fiel Vulkangestein ins Meer ab.

'Lasst uns sehen, wie der Rest dieses Platzes aussieht', befahl Zircon.

Rick brachte das MTB auf einen Rundkurs, der sie um die ganze Insel herumbringen würde, ungefähr hundert Meter vom Ufer entfernt. Sie verließen die nördliche Küste und passierten die östliche Ecke der Insel. Die Meeresbrandung brach sich an dem schwarzen, vulkanischen Gestein am Ostufer, ausgenommen an einem Punkt, wo es so schien, dass sich dort eine kleinere Bucht befinden würde.

Das Südufer war genauso abschreckend, bis man am Vulkankegel vorbei war. Es gab dort eine große Bucht, wo das Felsenriff auf den Vulkan traf. Man konnte Anlegestellen sehen und einige wenige Vintas. Das war offensichtlich der Ankerplatz der Insel.

Zircon nickte zufrieden. 'Es scheint so, Burschen, dass wir hier etwas haben. Es ist ein idealer Platz für eine Piratenfestung.'

'Habt ihr bemerkt, dass sie nicht versucht haben, uns zu folgen oder uns den Weg abzuschneiden, ausgenommen im Westen. Das ist so, weil die Insel eine natürliche Festung ist, nur der westliche Landstrich nicht. Sie müssen nur dort nach Gefahren Ausschau halten.'

Das MTB war wieder in Sichtweite der Piratenflotte. Sie schwammen immer noch in einer Gefechtsaufstellung, um das ungeschützte westliche Ufer zu schützen. Die Reihe der Vintas war in einem großen Bogen formiert, der vom Ankerplatz der Piraten aus um die westliche Seite herumging, bis zu dem Abschnitt, wo sich der Vulkan aus dem Felsenriff im Norden erhob.

'Ich bleibe außer Schussweite', sagte Rick. 'Schauen Sie sich das Dorf durch das Fernrohr an, Professor. Es könnte irgendein Zeichen von Shannon und Tony geben.'

'Ich habe da wenig Hoffnung', antwortete Zircon. 'Sie werden wohl versteckt worden sein.'

Die Piraten machten keine Anstalten dem MTB zu folgen, als es um ihre Schlachtlinie herumkurvte. Augenscheinlich blieben sie in ihrer Warteposition für einen zu erwartenden Angriff.

Über die Reihe der Vintas hinweg, konnte Rick ein Feld sehen, was wie Getreide aussah. Es war durch eine Straße von einem anderen Feld getrennt, wo eindeutig Mais angebaut wurde.

Das Dorf selbst bestand aus Buden, die auf Pfählen standen und mit Blättern der Nipapalme bedeckt waren. Alle befanden sich in der Nähe des Vulkans. Es gab vereinzelte Bäume, hauptsächlich Mango und Avocado.

'Viel Platz hier, für viele Piraten', bemerkte Chahda.

Rick grinste mit freudlosem Gesicht. 'Du hast so recht'.

Das Dorf würde in jedem Fall drei- oder vierhundert von ihnen eine Behausung bieten.

'Keinerlei Anzeichen von vulkanischer Aktivität', sagte Scotty. 'Es muss ein erloschener Vulkan sein. Wie dem auch sei, selbst Piraten wären nicht so verrückt, unter einem lebenden zu wohnen.'

'Du hast recht', stimmte Zircon zu. Er richtete seine Hand auf die Insel und fragte: 'Zweifelt irgendjemand daran, dass dies der richtige Ort ist?'

Keiner tat dies.

'Ich sehe die Wissenschaftler nicht', bemerkte Chahda. 'Sie würden aber in jedem Fall versteckt sein. Aber hat jemand ihr Boot gesehen?'

'Alle Boote waren Vintas', antwortete Rick.

'Das war auch mein Eindruck', sagte Zircon. Ich hatte auch nicht erwartet, dass die Piraten die *Sampaguita* offen zeigen würden. Nimm Kurs zurück auf Tawi Tawi, wir müssen Pläne machen.'

Rick erwiderte den freudigen Blick des Wissenschaftlers. Dann drehte er sich um und sah, wie die Pirateninsel, mit ihrem schwarzen und düsteren Vulkan, schnell aus dem Blickfeld verschwand.

'Wir kommen zurück', gab er den verborgenen Wissenschaftlern als Versprechen. 'Wir werden wiederkommen!'

Kapitel XIII

Die zwei Datus

Die *Swift Arrow* bewegte sich langsam durch die Dunkelheit in Richtung der Tawi Tawi Gruppe. Chahda war am Steuerrad, während Rick, Scotty und Zircon in der Kabine Kriegsrat abhielten. Der junge Hindu sprang immer wieder rein und raus und ließ das MTB jeweils für ein paar Minuten mit festgestelltem Ruder laufen, sodass er an der Besprechung teilhaben konnte.

'Das muss Shan sein', sagte Rick entschieden. 'Kein Fischerdorf hatte jemals so viele Vintas. Und kein friedlicher Fischer hat jemals auf einen Fremden geschossen, in der Art, wie diese Horde es bei uns gemacht hat. Und außerdem, es gibt dort einen Berg.'

'Ich stimme zu', sagte Zircon. Er reinigte gerade sehr sorgfältig seine Pistole und zog dann ein Reinigungstuch durch den Lauf. 'Außerdem haben sich diese Vintas in einer geplanten Abwehrposition formiert, was keine Fischer jemals tun würden. Ich bin davon überzeugt, dass das die richtige Insel ist. Das Problem ist, was wir nun tun sollen.'

Scotty hielt inne, sein Gewehr zusammenzusetzen, das auch er gründlich gesäubert hatte. 'Gibt es eine Wahl? Wir können nicht in das Dorf stürmen und unsere Freunde retten, selbst wenn wir wüssten, wo sie sind. Wir müssen die Polizei rufen und die Küstenwacht der philippinischen Marine, um einen totalen Angriff auf den Ort durchzuführen.'

'Nein!', rief Rick aus. 'Das können wir nicht machen. Wenn die Piraten sehen, dass eine bewaffnete Flotte herankommt, werden sie Tony und Shannon töten und ihre Körper wegschaffen. Die Flotte könnte gar nichts ausrichten.'

Chahda fragte mit besorgter Stimme: 'Denkt ihr, dass sie die Wissenschaftler umgebracht haben, als wir heute gekommen sind?'

'Das bezweifele ich', erklärte Rick. 'Letztendlich ist ein einzelnes Boot keine Bedrohung für sie, sogar ein schnelles, wie unseres eines ist. Ich denke, sie werden nur dann der beiden entledigen, wenn sie sehen, dass man bei ihnen einfällt.'

'Was können wir also tun?', fragte Scotty.

'Ich bin mir nicht sicher', sagte Rick. In jedem Fall wäre das Erste, was wir tun sollten, nachzusehen, ob unsere Freunde wirklich dort sind. Wenn wir noch einige Fakten zusammengetragen haben, können wir vielleicht einen Plan ausarbeiten.'

Zircon nickte. 'Das macht Sinn. Die Frage ist, wie können wir die Insel erkunden? Wenn wir wieder mit dem Boot herumfahren, werden wir nur das erfahren, was wir bereits wissen.'

'Es gibt nur eine Möglichkeit', sagte Chahda. Wir direkt müssen dort nachsehen.'

Rick wusste, dass der junge Hindu recht hatte. Aber dort ans Ufer zu gehen, würde Probleme bereiten. Wenn das MTB auf eine Entfernung herankäme, von der aus man schwimmen könnte, würden es die Piraten sehen. Sie könnten natürlich bei Nacht in dem Gummi-Rettungsboot heranrudern, das sich auf dem MTB befindet. Also schlug er das den anderen vor.

Chahda sprang auf diese Idee. 'Ein leises Boot ist gut, aber kein Gummiboot. Erinnert ihr euch, dass wir noch die Vinta haben?

'Natürlich!' Rick erkannte, dass Chahda die Antwort hatte. Sie hatten die erbeutete Vinta in einer kleinen Bucht am Ufer der unbewohnten Insel gelassen, ein paar Meilen davon, in nördlicher Richtung. Den Piraten würde eine einzelne Vinta nicht auffallen. Da muss es immer einzelne Boote geben, die kommen und gehen.

'Das denke ich auch', sagte Chahda und rannte zurück ans Steuerrad.

'Würden sie die Vinta nicht wiedererkennen?', fragte Scotty und beantworte zugleich seine eigene Frage. 'Ich denke nicht. Ich habe Dutzende solcher Segel gesehen, und der Rumpf sieht aus wie bei allen anderen.'

'Der Plan könnte aufgehen', stimmte Zircon zu. 'Wir versuchen es. Zuerst holen wir die Vinta, dann fahren wir Richtung Süden. Am Morgen werden wir weit draußen auf dem Meer sein. Wir können einen großen Bogen fahren und uns der Insel von Osten nähern. Sie werden uns nicht aus dieser Richtung erwarten. Außerdem war nur das westliche Ufer bewacht, soweit ich das sehen konnte.'

Rick hatte das Bild von dem Streifen des abgelegenen Strands vor sich, der sich am nördlichen Ufer befand. Wenn sie dort landen könnten, würde sie niemand sehen. Sie könnten dann über das Stück Lava klettern, zwischen dem Strand und dem Land, oder darum herumschwimmen, bis zu dem Punkt, wo das Land anfängt.

'Ich kenne den Ort', sagte er, und erklärte den anderen seine Idee, was er auch für Chahda wiederholte, als der junge Mann wieder in der Kabinentür erschien.

Zircon dachte darüber nach. 'Das sollte klappen, es sei denn, sie haben einen Beobachtungsposten auf jeder Seite der Insel. Aber das können wir nur herausfinden, wenn wir es versuchen. Offen gesagt, glaube ich das nicht. Sie denken, dass die Insel an allen Seiten sicher ist, ausgenommen im Westen.'

'Nun, wer kommt mit auf diese Erkundungstour?'

'Rick und ich', rief Chahda mit Bestimmtheit.

'Ich gehe', sagte Scotty.

Zircon erhob die Hand. 'Wartet. Chahda, aus dem Klang deiner Stimme entnehme ich, dass du einen Grund hast. Was ist es?'

'Es gibt viele', antworte er. Das ist eine kleine Insel, und jeder, der an Land geht, wird gesehen. Man muss deshalb Moro-Kleidung anziehen. Professor, Sie und Scotty haben nicht die richtige Figur für einen Moro. Sie selbst sind zu groß und Scotty hat zu breite Schultern. Rick ist auch nicht klein genug, aber nicht so breit. Er kann vielleicht ein wenig gebeugt gehen. Ich bin perfekt für einen Moro. Ich habe sogar die gleiche Hautfarbe.'

'Du hast recht', stimmte Zircon zu. 'Da gibt es keinen Zweifel. Beherrsche also deine Ungeduld, Scotty. Du wirst drankommen, wie auch ich. Chahda, du übernimmst das Aussuchen für deine und Ricks Verkleidung. Scotty, du und ich, werden die Wache übernehmen und uns auf den Weg bringen.'

Am Morgen hatte die *Swift Arrow* die Vinta im Schlepp und befand sich in indonesischen Gewässern, weit weg von Schifffahrtslinien und Fischgründen. Zircon berechnete ihre Position bei 120 Grad und 29 Sekunden Länge und 4 Grad und 21 Sekunden Breite. Seit Stunden hatten sie kein Segel gesehen.

Sie ließen das MTB treiben, während sich die Gruppe bereitmachte. Chahda hatte eine Moro-Kopfbedeckung für Rick angefertigt, aus einem Stück des Bezugs, den er aus dem Sitz eines Stuhls herausgeschnitten hatte. Rick hatte die Nähte von einer Segeltuchhose aufgetrennt und band sie mit Zwirnsfaden aus dem Tauraum zusammen, dass sie so fest anlag, wie Moro-Hosen. Eines seiner eigenen Hemden, etwas schmutzig gemacht und mit offenem Kragen, hatte seine Kleidung vervollständigt.

Chahda schnitt einen seiner Ersatzturbane in zwei Hälften, machte für jeden von ihnen eine Schärpe daraus und veränderte seinen eigenen Turban, sodass er mehr wie der eines Moros aussah.

Das einzige, echte Problem war Ricks Hautfarbe. Trotz seiner tiefen Bräunung konnte er so auf keinen Fall als Moro durchgehen. Er und Chahda suchten auf dem Boot nach etwas, das als Färbemittel dienen könnte. Schließlich kamen sie mit ihrem Problem zu den anderen.

Scotty hatte die Antwort. Mit einem breiten Grinsen ging er an seinen Koffer und nahm eine Dose mit brauner Schuhcreme heraus. 'Eleganz zahlt sich aus', verkündete er. Er gab sie an Chahda zusammen mit einem Tuch. 'Gib ihm keinen zu großen Glanz, wenn du ihn polierst.'

'Was ist mit Schuhen?', fragte Zircon. 'Die Schuhcreme hat mich daran erinnert, dass die Piraten keine tragen.'

'Dieser Pirat schon', erklärte Rick. 'Ich raue sie ein wenig auf, aber ich kann nicht barfuß gehen.'

'Ich auch nicht', stimmt Chahda zu. 'Die Füße sind zu empfindlich. Wir könnten ohne Sohlen nicht rennen oder kämpfen.'

Als alles bereit war, mit Ausnahme des Einschmierens mit der Schuhcreme, nahmen sich Rick und Chahda Zeit für das Essen. Dann begaben sie sich in die Vinta und übten.

Das Boot war schmuddelig vom Dreck, der sich über die Jahre, ohne zwischenzeitliche Reinigung angesammelt hatte und der Geruch griff Ricks Nase an. Aber schlimmer noch, es war schwer, zu beherrschen. Er konnte in einem normalen Boot segeln, aber die Auslegerkonstruktion hatte ihre eigenen Besonderheiten.

Langsam, als der Tag verging, lernten die zwei jungen Männer, mit der Vinta umzugehen, bis sie es einigermaßen im Griff hatten. Es gab Paddel, falls kein Wind herrschte, und Rick dachte, dass sie am Ende ohnehin nur die Paddel benutzen würden.

Als sie sich nach der letzten Probefahrt festmachten, rief sie Zircon zum Essen herein und wies sie an, sich in die Koje zu legen. Keiner von den Männern hatte seit dem vergangenen Morgen mehr als eine Stunde am Stück geschlafen. Der der großgewachsene Wissenschaftler und Scotty hatten beschlossen, dass sie das MTB auf dem Weg zur Pirateninsel fahren würden, sodass Rick und Chahda frisch und ausgeruht sein würden, für das nächtliche Abenteuer.

Nach einer Mahlzeit mit heißer Suppe und Keksen, kletterten die beiden Jungs in ihre Kojen und schliefen ein. Zircon und Scotty waren mit dem Boot bereits Richtung Shan aufgebrochen.

Rick erwachte, als Scotty ihn schüttelte. 'Zeit zum Aufstehen, alter Kerl.'

Der junge Mann richtete sich auf und sagte: 'Wo sind wir?'

'Ungefähr fünf Meilen östlich der Insel', sagte Scotty und rüttelte auch Chahda wach. Er teilte dem jungen Hindu mit, dass es Zeit zum Aufstehen war. Dann setzte er sich zu Rick. 'Ich fühle mich irgendwie komisch, nicht mit euch zu gehen. Vielleicht ist es besser, mitzukommen. Ich könnte in der Vinta bleiben und bereit sein, falls es Ärger gibt.'

Rick gab seinem Kumpel ein sympathisches Grinsen. Er wusste, wie sich Scotty fühlte. 'Sieh es mal so. Wenn Chahda und ich erwischt werden, bleiben nur noch du und Zircon, und du würdest nicht aufgeben, selbst wenn wir nicht mehr dabei sind.'

'Ja, das denke ich', gab Scotty widerwillig nach. 'Kommt, Kaffee und Sandwiches sind bereit! Ich gehe nach oben, und helfe dem Professor aufzupassen.'

Rick und Chahda legten ihre Verkleidungen an, dann rieb der junge Hindu sorgfältig die Schuhcreme in Ricks Gesicht, auf den Hals, die Arme und die Hand und auf seine Brust, wo sie durch das offene Hemd sichtbar war.

Schließlich trat der junge Hindu zurück und bewunderte sein Werk. 'Ziemlich gut, du gibst einen feinen Moro ab, Rick.'

Rick richtete Chahdas Kris in der Schärpe aus. 'Das gilt auch für dich. Du würdest den Sultan von Sulu selbst irreführen.'

'Wir sind zwei Datus', sagte Chahda mit einem Grinsen. Datu Rick und Datu Chahda.'

'Was sind das, Datus?', fragte Scotty, als er vom Steuerhaus herunterkam.

'Datus sind Fürsten. Die Moros nennen ihre Anführer so. Wir sind Datus.'

'Ok, ihr Fürsten. Der Professor will euch ansehen. Ich gehe hoch ans Steuerrad, während er nach unten kommt. Wir haben oben alle Lichter ausgemacht, falls es einen Aussichtsposten auf dieser Seite der Insel gibt.'

Sofort kam Zircon herunter und inspizierte sie sorgfältig. 'Bei Tageslicht würdest du niemals durchgehen, Rick', sagte er schließlich. 'Aber bei Nacht sollte es keinen Ärger geben, es sei denn, du lässt jemanden zu dicht an dich heran – und dann würde man dich sowieso gefangen nehmen.'

'Trinkt noch einen Kaffee und esst einige Sandwiches, während Scotty und ich das Boot näher heranfahren.'

'Rick sagte mit Zweifeln in seiner Stimme: 'Ist es nicht gefährlich, näher heranzugehen?'

Auch Chahda meldete sich zu Wort: In meinem Weltalmanach steht, dass man auf See sehr weit sehen kann. Der Vulkan ist vielleicht 500 Fuß hoch. Wenn jemand da oben ist, kann man bis zu 25.6 Seemeilen sehen; so steht es im Almanach.'

'Das ist wahr', sagte Zircon. 'Aber das wäre bei Tageslicht und bei völlig klarer Sicht. Er werdet euch erinnern, dass wir gestern die Insel nicht sehen konnten, bis wir vielleicht zehn Meilen davor waren. Der Dunst in der Luft beeinträchtigt dort die Sicht, und bei Nacht wird sie natürlich noch geringer. Wenn wir keine Lichter brennen haben, denke ich, dass wir sicher bis auf zwei Meilen heranfahren können. Glücklicherweise ist der Mond kurz nach Sonnenuntergang verschwunden, deshalb ist es unser Hauptproblem, wie weit wir gehört werden können. Mit niedriger Geschwindigkeit und nur einer Maschine, sollte es in einer Entfernung von zwei Meilen sicher sein.'

Der Professor hatte die Dinge gut ausgeknobelt, wie Rick erkannte. Er nickte zustimmend. 'Nun gut, wir sind bereit, sobald wir in Position sind. Ich lasse mein *Megabuck*-Gerät auf dem Boot, und wir hängen dann von Chahdas ab. Wenn wir erwischt werden sollten, habt ihr so noch zwei Sets.'

'Ihr werdet nicht erwischt', sagte Zircon mit Nachdruck. 'Denkt nicht einmal daran. Ich glaube, ihr könnt vor den Piraten davonlaufen. Wenn man euch entdeckt hat, funkt uns an und geht ans Ufer. Wir werden angeschossen kommen. Ich will auch, dass ihr die Pistole mitnimmt und extra Magazine. Wenn es dann notwendig sein sollte, könnt ihr die Meute für ein paar Minuten aufhalten, solange wir brauchen, um hinzukommen.'

'Gut'. Rick glaubte nicht recht daran, dass sie erwischt werden könnten. Chahda war ein Experte im Ausspähen, und er hatte selbst reichlich Erfahrung. Überdies war es richtig, nun zur Sache zu gehen, egal wie gefährlich es war. Sie hatten lange gesucht. Jetzt waren die vermissten Freunde in Reichweite. Er musste daran glauben, denn die Alternative würde bedeuten, dass sie bereits tot waren.

'Lass uns jetzt essen Chahda', sagte er. 'Wir müssen bald aufbrechen.'

Kapitel XIV

Das hohe Feuer

Die Celebessee war dunkel, mit niedrigen Wellen, aber ohne starken Seegang. Es gab gerade genug Wind, um das Segel der Vinta zu füllen, was Rick sehr entgegenkam. An diesem Punkt der Entwicklung war er mehr besorgt wegen irgendwelcher Geräusche, und Sicherheit war wichtiger als Geschwindigkeit. Zircon und Scotty sind wieder eine Meile weiter zurück auf die See gefahren, sobald die Vinta weggesegelt war. Das sollte vermeiden, dass irgendjemand auf der Insel die Motoren hören konnte, falls ein plötzlicher, zum Ufer hingehender Wind aufkommen würde.

Oben am Mast erschien Chahda als verschwommener Punkt vor dem Segel, das er für maximale Leistung trimmte. Sofort kam der junge Hindu zurück an die Ruderpinne und setzte sich neben Rick.

Der vulkanische Kegel von Shan verdeckte die Sterne vor ihnen. Es gab keinerlei Lichter auf dem Berg selbst, und die Zahl der Lichter im Dorf wurden nacheinander weniger.

Das Wasser spritzte ein wenig unter dem Ruder, und das Tauwerk, welches den Mast und die Segel hielt, knarrte, als eine umher wandernde Brise die Vinta erfasste. Abgesehen davon, gab es keinerlei Geräusche. Einmal sprang ein Fisch im Wasser, nahe bei ihnen. Rick war fast auf den Füßen, und seine Hand ging zu der Pistole an seinem Gürtel, bevor er erkannte, was das war. Er lachte über seine eigene Nervosität.

Er rieb seine feuchten Hände auf den Schenkeln seiner engen Hosen und strengte sich an, das erste Anzeichen des Strands zu erkennen, wo er mit Chahda an Land gehen konnte. Dieser bewegte sich, wie geplant, zum Bug des Moro-Schiffs, um Ausschau zu halten.

Das Timing war gerade richtig, dachte Rick. Es gab immer noch Lichter im Dorf, aber nicht mehr viele. Zu früh, wenn zu viele Piraten vor den Türen waren, wäre kein guter Zeitpunkt gewesen. Und später, wenn nur Wächter herumlaufen, wäre er sogar schlechter. Sie hatten versucht, ihre Erkundung auf eine Zwischenperiode zu legen, und es sah so aus, dass die Wahl der Stunde gut war. Die meisten Dorfbewohner lagen im Bett, aber es brannten noch genug Kerosinlampen und Kerzen, was zeigte, dass die beiden wahrscheinlich keine besondere Aufmerksamkeit erregen würden, so spät draußen zu sein.

Chahda kam zurück und flüsterte: 'Wir reffen jetzt die Segel.'

'OK'. Rick war vorsichtig und antwortete nur im Flüsterton. Er wusste, wie gut sich Geräusche über das Wasser bewegen.

Die jungen Männer ließen das Segel herunter und banden es fest, gerade so, damit ein plötzlicher Windstoß die Leinen nicht verwirrt. Dann nahmen sie die Paddel und ruderten in Richtung der kleinen Strandsichel und dem schwarzen Felsen des Vulkans. Mehr Lichter im Dorf verschwanden nacheinander, als der hervorstehende Fels, zwischen dem Strand und dem westlich liegenden, abfallenden Gelände, ihnen die Sicht versperrte.

Rick und Chahda richteten ihre Paddelschläge so ein, dass sie eine niedrige Welle nutzen konnten, die sich schnell zum Ufer hinbewegte. Im nächsten Moment rieb der Bug der Vinta auf dem Sand. Chahda sprang ans Ufer und trug den Anker des Boots – ein Steinblock mit einem Loch für das Seil – und zog die Vinta hoch auf den Korallensand. Rick ging heraus auf den Strand und hielt inne. Seine Ohren lauschten nach irgendwelchen ungewöhnlichen Geräuschen. Er hörte aber nichts, außer dem scharfen Bellen eines Hundes im Dorf.

'Wenn dieses hier wie die meisten asiatischen Dörfer ist, gibt es genügend Köter, die es zu einem Paradies für Hundefänger machen.', flüsterte er in Chahdas Ohr. 'Sie werden uns mit Sicherheit verraten.'

Chahda schüttelte seinen Kopf. 'Überlass das nur mir. Ich habe genügend schlechte Erfahrung mit Hunden. Ich bin vorbereitet.'

Rick wunderte sich, wie der junge Hindu vorbereitet sein konnte, begriff aber, dass das jetzt keine Zeit für Fragen war. Er brachte seinen Lippen nahe an das versteckte Funkgerät unter Chahdas Turban und rief leise: 'Rick an Zentrale.'

'Schieß los, Rick', kam dumpf die Stimme von Zircon durch die schweren Falten des Turbans.

'Wir sind am Strand und verlassen gerade die Vinta.'

'Viel Glück. Wir stehen bereit für ein schnelles Eingreifen, falls nötig. Seid vorsichtig.'

'Das machen wir', versprach Rick. 'Ende für jetzt'. Er holte die automatische Waffe aus seiner Schärpe, zog den Hebel zurück und steckte eine Runde Munition in die Kammer. Dann senkte er den Schlaghebel auf halb und versicherte sich, dass die Sicherheitsverriegelung eingerastet war. Er steckte die Pistole in seine Schärpe zurück und lockerte den Kris in seiner Scheide.

Chahda zog seinen Barong und machte einige Probeschwünge, bei denen die Schneide im Sternenlicht glänzte.

Rick ging jetzt voran, in westlicher Richtung, den Strand entlang, wo schwarze Lavafelsen wie in einer großen Ansammlung von Stolpersteinen herumlagen. Wenn sie über die Ausläufer der Lava hinwegklettern konnten, würde alles gut sein. Wenn nicht, müssten sie zum Strand zurückgehen und herumschwimmen.

Die Lava bestand aus großen Brocken und es gab genug Halt für Hände und Füße. Es war ein leichter Anstieg zur Spitze des erkalteten Lavastroms, nur etwas 20 Fuß über Meereshöhe, und ebenso leicht war der Abstieg. Der einzige schwierige Abschnitt war auf der Spitze selbst, durch die Masse der Geröllblöcke hindurch.

Schnell standen die beiden Jungs wieder auf fester Erde, immer noch versteckt zwischen Felsnasen. Das Dorf lag zu ihrer Linken. Vor ihnen, Richtung Westen, war ein Maisfeld. Rick war nicht überrascht hier Mais zu sehen. Er wusste, dass südlich vom Zentrum der Philippinen, bis nach Sulu hinunter, mehr Mais gegessen wurde, als Reis.

'Achte darauf, ob du irgendwelche Wachen siehst', flüsterte er Chahda zu. Wir warten einige Minuten, um zu sehen, ob sich jemand zeigt. Dann, wenn die Luft rein ist, bewegen wir uns am Rand des Maisfelds entlang, zum Dorf hin.

Rick strengte sich an, irgendein Geräusch oder eine Bewegung wahrzunehmen. Als ihm seine Uhr mit Leuchtziffern zeigte, dass fünf Minuten vergangen waren, lehnte er sich zu Chahda hin. 'Kein Anzeichen von einer Wache. Lass uns losgehen.'

Offensichtlich waren sich die Piraten sicher, dass ein Angriff nur von Westen kommen konnte. Ohne Zweifel würden sie dann auch nur ihre Beobachtungsposten am westlichen Ufer haben, wie Zircon es vermutet hat.

Rick ging voran und hielt sich dicht an dem aufsteigenden vulkanischen Kegel. Er sah, dass es jede Menge Zwischenräume und Löcher gab, wo sie sich wegducken konnten, wie auch im nahen Maisfeld. Die Gewissheit, dass sie innerhalb von Sekunden aus dem Blickfeld verschwinden konnten, gab ihm Zuversicht, und er bewegte sich schnell vorwärts.

Eine leichte Brise trug den Geruch – oder besser Gestank – des Dorfes zu ihm heran. Er runzelte die Nase und unterdrückte ein Niesen. Donnerwetter! Wenn die Piraten irgendwelche Tugenden haben sollten, Sauberkeit war keine davon.

Das Maisfeld reichte bis an das Dorf heran. Die Besiedlung war unter einer Stelle eingebettet, von wo der Vulkan für vielleicht einhundert Fuß steil abfiel. Es war eine gute Verteidigungsposition, wie Rick bemerkte. Sie konnten wahrscheinlich auf den Felsvorsprung klettern, was Gewehrschützen eine wunderbare Position bieten würde. Sogar für schweres Geschütz wäre es schwierig, sie von dort zu vertreiben.

Vor ihnen lag eine Art Straße, eher eine große Lücke zwischen den Häuserreihen. In einigen der Gebäude konnte man das gelbe Flackern von Kerzen oder Kerosinlampen sehen, aber die meisten waren dunkel. Sie standen erhöht auf Pfählen, in der Art, wie es in den ganzen Philippinen üblich war, und die meisten von ihnen boten wenig Hindernisse, sie zu überblicken.

Rick duckte sich rückwärts, als ein Mann die Straße hinunterlief, sich herumdrehte und die Leiter in eines der Häuser hochstieg. Im trüben Licht konnte Rick sehen, dass er eng anliegende Hosen trug, einen flachen Turban und ein Gewehr in der Hand hatte.

Der junge Mann schauderte. Es gab wahrscheinlich genügend tödliche Waffen in dem Dorf, um eine Kampftruppe in Regimentsstärke auszustatten. Ein Fehltritt, und diese Waffen würden sich gegen sie richten.

Chahda brachte seine Lippen dicht an Ricks Ohren. 'Was machen wir nun?'

'Wir halten nach einem bewachten Haus Ausschau, denke ich.'

Es schien die einzige Möglichkeit zu sein, Tony und Shannon zu finden. Wenn sie in dem Dorf waren, würden sie mit Sicherheit bewacht. Wachen wären die einzige Spur zu ihnen.

Für eine geraume Zeit dachte Rick darüber nach, wie man das Problem am besten angehen könnte. Es gab keinen einfachen Weg. Er tippte Chahda auf die Schulter und sagte: 'Lass uns gehen.'

Die beiden jungen Männer traten heraus aus ihrem Versteck vor der vulkanischen Wand und gingen mutig ins Dorf.

121

Rick drückte seine Daumen, um sich Glück zu wünschen. Er war aber darauf vorbereitet, seine Finger schnell wieder zu lösen, um nach seiner Pistole in der Schärpe zu greifen. Ihre Verkleidung sollte sie vor zufälligen Beobachtern schützen. Er vertraute darauf, dass die tiefen Schatten im Dorf die Tatsache verbergen würde, dass sie Fremde waren, es sei denn, sie würden Angesicht zu Angesicht mit jemandem kommen.

Die Straße ging an der Vorderseite des Vulkans entlang, mit Häusern auf beiden Seiten. Während ihrer ersten Schritte sahen sie niemanden, bis ein Moro, weiter entfernt, die Straße überquerte. Es bedurfte des ganzen Muts von Rick, lässig weiterzulaufen.

In der Nähe bellte ein Hund, und das Geräusch verursachte einen Strom von Schweiß, der auf dem Rücken von Rick heruntertropfte. Das Bellen ging weiter und kam näher. Rick hatte seinen Kris schon halb gezogen, aber Chahda flüsterte heiser: 'Warte!'

Eine Promenadenmischung unbestimmbarer Rassen schlich sich mit aufgestellten Nackenhaaren an sie heran, und man sah den matten Glanz seiner Zähne, als der Hund anfing zu knurren.

Chahda beugte sich nach unten und murmelte etwas vor sich hin. Der Hund sprang wie wild auf sie zu, und Ricks Herz schlug hoch bis zum Hals. Dann, wie durch ein Wunder, streichelte der junge Hindu den Köter.

Was hast du gemacht?', fragte Rick im Flüsterton.

Erinnerst du dich an die eingelegten Hamburger? Ich habe eine Dose aufgemacht und einige davon in meine Tasche gesteckt. Hier, gib dem Hund einen. Er ist jetzt unser Freund. Komm, mach schon.'

Rick musste grinsen. Dieser rätselhafte Hindu. Hinter seinem Mysterium steckten aber oft praktische Lösungen für Probleme: Steck dir nur ein paar Hamburger in die Taschen.

Dann ging er wieder voran, und Chahda eilte hinterher, um zu ihm aufzuschließen. Neben ihm tanzte der kürzlich so grimmige Hund herum wie ein Welpe und hoffte auf einen weiteren Happen.

Nach kurzer Zeit sah Rick, dass die beiden Straßen des Dorfes ein riesiges T formten, mit einem Stiel, der unterhalb des Berges begann und in Richtung Westen verlief.

Er dachte, dass sich Tony und Shannon in der Nähe des Dorfzentrums befinden würden, in der am besten geschützten Zone – einfach deshalb, weil es so einfacher wäre, sie zu bewachen. Das bedeutete, dass sie nahe bei der Kreuzung sein mussten, wo er und Chahda jetzt standen.

Ein Stoß von Chahda in seine Rippen lenkte seine Gedanken auf etwas anderes, und er konzentrierte sich auf eine neue und dringendere Sache.

Ein Mann kam ihnen direkt entgegen, aus westlicher Richtung. Rick konnte ihn nicht deutlich sehen, da es zu dunkel im Dorf war. Er konnte aber genug wahrnehmen, um zu erkennen, dass der Pirat ein Gewehr trug und ein Barong in seinem Gürtel steckte.

Ricks Hand bewegte sich zur Pistole hin, dann aber hielt er inne. Er konnte jetzt nicht schießen. Es würde das ganze Dorf auf sie loslassen.

Für einen Moment verfiel er fast in Panik. Dann, nachdem er Chahda zugenickt hatte, lief er schnurstracks auf den Mann zu. Die mutige Annäherung war die beste Lösung, dachte er sich. Wenn sie wegliefen, würde das einen Schuss auf sie bedeuten.

Er hatte die ungewisse Vorstellung, in Reichweite zu kommen, um dann auf den Moro zu springen. Sicherlich konnten sie nicht anhalten und mit ihm sprechen. Keiner von ihnen kannte die Sprache.

Der Pirat erschien weder unsicher noch alarmiert. Er lief den beiden Jungs locker entgegen und erkannte sie offensichtlich nicht als Fremde. Rick wusste, dass sich das bald ändern würde. Es war wichtig, dass er vorher Gelegenheit haben würde, auf den Moro zu springen, damit er ihn daran hindern konnte, zu schreien, soweit das möglich war.

Dann, als sich Rick zu einem wilden Sprung bereitmachte, um einen Schwinger zu landen, flüsterte Chahda: 'Sei bereit', und erhob seine Hand zum Gruß. Auch der Moro erhob die Hand, und sagte etwas in der lokalen Sprache. Es könnte ein Gruß gewesen sein, keiner der jungen Männer konnte das genau sagen.

Chahda ging direkt auf ihn zu, und stotterte etwas, das sich wie Hindu-Kauderwelsch anhörte. Er verhielt sich so, dass der Moro sich umdrehen musste, um zu verstehen, was Chahda sagte.

Für einen kurzen Moment drehte der Pirat Rick seinen Rücken zu, der sich wie ein Panther auf der Jagd bewegte. Seine Pistole kam aus der Schärpe und dann herunter, mit dem Griff zuerst, und mit all seiner entschlossenen Stärke dahinter. Er fühlte, wie sie auf den Turban des Piraten herunterknallte und den Kopf darunter heftig traf.

Chahda fing den Mann auf, als er umfiel, und nach einem kurzen Moment hatten sie ihn unter das nächstgelegene Haus gezogen.

Rick fand den Puls des Mannes und gab einen unhörbaren Seufzer der Erleichterung von sich. Er war schwach und langsam, aber er war da. Der Pirat würde wieder aufwachen, aber nicht so bald. Der Hund schnüffelte neugierig an dem umgefallenen Moro, gab aber keinen Laut von sich.

Rick nahm Chahda beim Arm und zog ihn wieder auf die Straße hinaus, hielt dann aber besorgt inne, um zu sehen, ob das stürmische Zusammentreffen irgendwelche Aufmerksamkeit erregt hatte. Offensichtlich was dies nicht der Fall. Es gab keine Anzeichen von

Leben in den nahe gelegenen Häusern. Keiner schaute heraus, und Lichter schienen nur etwas weiter die Straße hinunter.

Rick beschloss, dass es besser sei, ihre Suche schnellstens weiterzuführen. Die jungen Männer bewegten sich flink die Straße entlang, auf der Oberseite ihrer T-Form, in Richtung des Ufers im Süden.

Der Hund trotte an ihrer Seite; er war jetzt ihr fester Freund. Rick wusste, dass die Bootsanlegestelle am Ende der Straße sein musste. Das würde sicherlich bedeuten, dass dort Wachen postiert sind, und es wäre nicht klug, zu nahe heranzugehen.

Er hatte den plötzlichen Einfall, dass die Wissenschaftler vielleicht Gefangene auf einer der Vintas wären, verwarf ihn dann aber wieder. Keine der Vintas, die sie gesehen hatten, war geeignet, um als Gefängnis zu dienen, und es gab auch kein Anzeichen von dem verschwundenen Boot, das die vermissten Männer angemietet hatten. Das könnte aber auch bedeuten, dass die Wissenschaftler gar nicht auf der Insel sein könnten. Aber wenn nicht, wo wären sie dann?

Chahdas Hand auf seinem Arm stoppte Rick. Er sah, dass sie ihre Nachforschungen in dieser bestimmten Straße fast vollendet hatten. Die Masten der Vintas und der Schimmer des Wassers zwischen den Piratenbooten, konnte man nun direkt vor ihnen sehen.

Er brachte seine Lippen nahe an Chahdas Ohr und flüsterte: 'Lass uns in Richtung Westen gehen, durch die Häuser hindurch.'

Es war Ricks Plan, durch das Viertel des Dorfes zu gehen, das sie nun durchquerten, bis sie das westliche Ufer sehen konnten. Dann könnten sie die Straße überqueren, die er sich als den Längsstrich von dem T vorstellte, und sich zurück zu dem Berg begeben, indem sie auf der anderen Seite durch den Ort gingen. Auf diese Weise wären sie, falls sich Ärger anbahnt, nur ein paar Meter von dem Maisfeld entfernt und konnten darin verschwinden, bis Zircon und Scotty herangeschossen kämen.

Sie gingen unterhalb eines beleuchteten Hauses vorbei, und durch die Spalten des Bambusfußbodens konnten sie zwei Männer sehen, die *basi* [Palmschnaps] tranken, oder irgendein anderes, aus Teilen der Bambuspflanze gemachtes, alkoholisches Getränk. Ab und zu sprachen die Männer in einem ungezwungenen, schlaftrunkenen Ton.

Nirgends gab es ein Anzeichen von Wachen, bis Rick und Chahda vollständig durch das Dorf hindurchgegangen waren und unter den großen Ästen eines Mangobaumes herauskamen.

Vor ihnen war ein Getreidefeld, wahrscheinlich Hirse, und dahinter war das westliche Ufer der Insel. Als sie sich umsahen, liefen zwei Männer das Ufer entlang und aufeinander zu, trafen sich, unterhielten sich für einen Moment, drehten sich dann um und gingen wieder voneinander weg.

'Wachen', sagte Rick leise. 'Sie sind auf Kontrollgang am Strand.'

Es war so, wie er erwartet hatte. Die beiden Wachen, die am Strand patrouillierten, konnten alles sehen, was Gefahr bedeuten könnte, indem sie von der Stelle, wo sie sich trafen, an Punkte liefen, die halb um die Insel herum lagen.

'Vielleicht haben sie uns in der Vinta gesehen', flüsterte Chahda. 'Aber vielleicht haben sie sich nicht viel dabei gedacht.'

Rick dachte, dass er recht haben könnte, aber es war sehr wahrscheinlicher, dass man sie überhaupt nicht gesehen hatte, besonders dann, wenn sie ans Ufer gekommen waren, als die Wachen in der Nähe des westlichen Endes aufeinander zu gelaufen waren.

'Wir werden etwas vorsichtiger sein, auf unserem Rückweg', gab Rick leise als Antwort.

'Sicher', stimmte Chahda zu. 'Was machen wir jetzt?'

Rick bewegte sich wieder in Richtung der Straße, die vom Vulkan zum westlichen Ufer führt. 'Geh da rüber und schau dir die Häuser auf der anderen Seite an. Los jetzt.'

Er blickte um sich, um sicherzugehen, dass niemand sie beobachtet oder ein übermäßiges Interesse an ihnen zeigt. Er bewegte sich aus dem Schatten des Mangobaums und ging an den unregelmäßig stehenden Häusern vorbei, bis zu dem breiten Streifen von gelbem Staub, der die Straße markierte.

Sie erreichten die Straße ohne einen Zwischenfall und hielten nochmals an, um sich schnell umzusehen, bevor sie diese überquerten.

Als Rick die Straße entlang sah, bemerkte er, hoch oben, ein Flackern von gelbem Licht. Er hob seinen Kopf und starrte direkt hin. Ein Feuer! Es war hoch oben auf der Oberseite des Felsenvorsprungs hinter dem Dorf, wo sie es von der unterhalb liegenden Straße aus nicht sehen konnten.

Er wunderte sich. War es ein Signallicht für die Piraten, die draußen in den Vintas waren? Augenscheinlich war es auf einem Plateau, mehr als einhundert Fuß über dem Dorf.

Dann, als er genau hinsah, erschein kurz die Silhouette einer großen, dünnen Gestalt, die vor den Flammen vorbeiging.

Er griff nach Chahda. Das war kein Moro, nicht mit diesen langen Beinen und Armen! Und kein Moro auf dieser Insel würde Brillen mit dicken Rändern tragen, von denen sich das Licht des Feuers kurz widerspiegelt.

Das war Howard Shannon!

Kapitel XV

Der Angriffsplan

Die jungen Männer überquerten die Straße, krochen an mehreren Häusern vorbei und erreichten die Sicherheit des Maisfelds. Sie durchquerten es bedachtsam, damit keine raschelnden Blätter und Stängel sie verraten würden.

Zumindest für Rick war es ein schrecklich zähes und langsames Fortkommen. Er wollte erst einen Schrei der Freude und des Triumphs ausstoßen und Zircon sofort anfunken, um die guten Nachrichten weiterzugeben. Er wusste aber, dass Lautlosigkeit wichtig war, und behielt seinen Jubel verschlossen in sich.

Als sie den erkalteten Lavastrom erreichten, gab Chahda dem getreuen Piratenhund den letzten seiner Hamburger, und die Jungs kletterten über die Lava zum Strand. Erst jetzt wagte es Rick lange genug anzuhalten, um die *Swift Arrow* zu rufen.

'Wir haben Shannon gefunden', sagte er triumphierend. 'Jetzt müssen wir hier verschwinden. Wir geben euch die Einzelheiten später.'

Die jungen Burschen brachten die Vinta vom Ufer fort und paddelten Richtung Osten, um weiter weg von den Wachen zu kommen, bevor sie das Segel setzten.

Da ihnen aber nun die leichte Brise entgegenkam, mussten sie mit dem kippligen Boot gegen den Wind segeln. Es dauerte bis die Morgendämmerung, bevor sie die *Swift Arrow* erreichten.

Als das MTB ruhig in Richtung Süden fuhr, aus der Gefahrenzone heraus, berichtete Rick:

'Wir haben Shannon gesehen, wie ich schon über Funk sagte. Ich bin sicher, dass er es war. Sie sind auf dem Felsvorsprung am Ende des Dorfes. Ich denke, dass dieser Platz, auf dem wir das Feuer sahen, über hundert Fuß hoch liegt.

'Kein Zeichen von Briotti?', fragte Zircon.

'Absolut kein Zeichen von ihm. Natürlich konnten wir nicht auf das Plateau selbst sehen. Es gab nicht genügend Licht und es war auch zu weit oben.'

Scotty rieb sein Kinn. 'Wie sind sie nur da hochgekommen?'

'Da muss es eine Leiter geben', antwortete Chahda.

'Ein ziemlich gutes Gefängnis', kommentierte Zircon. 'Keine Gefahr einer Flucht, wenn einmal die Stufen der Leiter weggenommen worden sind, und das ganze Dorf ist wie ein Wachposten.'

'Die große Frage ist nun, wie kriegen wir sie von dort heraus?'

Rick hatte darüber nachgedacht, während sie auf dem schweren Weg zurück waren. Er hatte jede Möglichkeit intensiv durchdacht und dann alle, bis auf eine, ausgeschlossen. Er war sich aber auch nicht sicher, ob das funktionieren würde.

'Ich habe eine Idee', erklärte er, aber es hängt davon ab, dass wir uns das nochmals bei Tageslicht ansehen.'

Zircon nickte. 'Gut, wir das machen. Nun erzähle uns aber von dem Dorf. Gab es irgendwelchen Ärger?'

Die beiden jungen Männer gaben Zircon und Scotty einen kurzen Bericht ihrer Erkundung, und alle lachten über den Trick von Chahda, als er den Hund mit Hamburgern fütterte.

'Er steht wahrscheinlich am Strand und wartet auf euch, wen ihr zurückkommt', sagte Scotty mit einem Grinsen. 'Ich wette, das war der erste Hamburger, den der Köter je hatte. Der Pirat, den du mit deiner Pistole niedergeschlagen hast, macht mit Sorgen. Würde er nicht Alarm schlagen und die ganze Meute in Bereitschaft versetzen?'

'Ich hoffe nicht', sagte Rick. Es könnte möglich sein, dass er denkt, es wäre jemand aus dem Dorf gewesen, der einen Groll gegen ihn hegt.'

Zircon zuckte mit den Schultern. 'So oder so, wir können da nichts tun. Wir müssen annehmen, dass nun der ganze Ort alarmiert ist.'

'Wie wäre es mit ein wenig Schlaf?', schlug Scotty vor.

Rick schüttelte mit dem Kopf. Der erste Teil des Plans musste sofort umgesetzt werden. 'In Kürze wird die Morgendämmerung hereinbrechen', sagte er. 'Wir müssen bei Sonnenaufgang östlich von der Insel sein.'

Schnell erklärte er alles. Für einen sicheren, unbeobachteten Blick auf die Gebiete der Insel, die er sehen wollte, würden sie auf die Sonne als Störlicht angewiesen sein. Sie konnten sich sofort auf einen Rundkurs begeben, der sie die auf die östliche Seite der Insel bringen würde, sobald die Sonne aufgeht. Versteckt, hinter ihrem blendenden Licht, hätten sie einige Minuten, während derer sie den östlichen Hang des Vulkans untersuchen konnten.

'Ich beginne, deinen Plan zu verstehen', sagte Zircon. 'Aber was dann?'

'Dann begeben wir uns tagsüber in sichere Gewässer', sagte Rick. 'Bei Sonnenuntergang verstecken wir uns wieder hinter der Sonne, auf der westlichen Seite der Insel. Wir warten, bis sie tief genug steht, sodass niemand in sie hineinschauen wird. Dann benutzen wir sie als Deckung, um uns durch das Fernglas Shannons Aufenthaltsort auf der Klippe genau anzuschauen.'

Scotty schüttelte seinen Kopf. 'Wir wissen doch schon, wie es auf dem östlichen Ufer aussieht. Warum nochmals die Mühe?'

'Wir wissen nicht genug über das Gelände', sagte Rick. 'Es sieht so aus, als ob du und ich heute Nacht klettern werden. Wir landen am östlichen Ufer, steigen auf den Vulkan hinauf, gehen über die Spitze hinweg und auf der westlichen Seite wieder hinunter, bis wir direkt über dem Plateau sind, wo die Wissenschaftler gefangen gehalten werden. Dann ziehen wir sie mit einem Seil herauf.'

Scotty starrte seinen Kumpel an. 'Donnerwetter! Wir holen sie durch die Hintertür, nicht wahr?'

Zircon erhob seine Hand. 'Nicht so schnell. Der Plan ist gut, Rick. Ich werde jetzt nicht meine natürliche Abneigung zeigen, gegen ein Vorhaben, wo ich vorab ausgeschlossen bin, ohne gefragt zu werden. Aber du und Scotty sind die logische Lösung für eine solche Erkundung. Ihr werdet euch aber heute Nacht beide erst die Gegend anschauen. Wenn möglich, werdet ihr Shannon und Briotti dabei ein *Megabuck* Funkgerät zukommen lassen. Dann kommt ihr zurück, ohne große Aufmerksamkeit zu erregen. Das wird uns Zeit genug geben, um einen Rettungsplan auszuarbeiten, zusammen mit unseren Freunden auf dem Felsen.'

Rick musste zugeben, dass der Plan von Zircon mehr Sinn machte, obwohl er die Vorstellung nicht mochte, dass es einen weiteren Tag der Verzögerung gab, bevor die Freunde gerettet werden konnten. Er nickte zustimmend.

Scotty erhob sich, und man konnte in seinem Gesicht die Freunde über diesen Plan ablesen. 'Lasst uns gehen!

Fünfzehn Stunden später zog sich die *Swift Arrow* in die offenen, südlichen Gewässer zurück, als die Sonne hinter dem Horizont verschwand. Die vier Abenteurer versammelten sich rund um den Kartentisch, studierten die Insel von Shan und verglichen Aufzeichnungen.

Zircon benutze einen Stechzirkel als Zeigestab. 'Die Bucht am östlichen Ufer sieht aus, als böte sie die beste Möglichkeit, mit der Vinta zu ankern. Ich denke, dass der Aufstieg zum Vulkan von dort aus nicht schwieriger sein wird, als von irgendeiner anderen Stelle.

Rick stimmte zu. 'So sah es auch für mich aus. Wir nennen die Bucht unsere Hintertür. Das einzige Rätsel ist, ob der Vulkan einen Krater hat. Wenn dem so ist, müssen wir darum herumgehen. In den Krater hineinzuklettern und dann wieder hoch, würde zu viel Zeit kosten.'

Zircon zuckte mit den Schultern. 'Wir haben keine Möglichkeit, das festzustellen. Hat jemand einen günstigen Weg um den Kegel herum gesehen?'

'Der südliche Abhang sah weniger steil aus', fügte Scotty hinzu.

Chahda nickte zustimmend. 'Das denke ich auch. Für mich ist der gefährlichste Platz direkt oberhalb des Felsvorsprungs. Dort geht es ziemlich senkrecht nach unten, wie ich denke.'

Der junge Hindu hat wie gewöhnlich recht, stellte Rick fest. Er hatte durch das Fernglas gesehen, dass die Zone oberhalb des steilen Felsvorsprungs nur geringfügig weniger geneigt war, als der Felsvorsprung selbst. Das würde nicht nur der schwerste Teil des Ausflugs sein, aber auch der gefährlichste, da sie zeitweise vom Dorf aus zu sehen sein werden.

'Es ist steil', stimmte Scotty zu. Das ist kein Platz, den man sich für eine gemütliche Wanderung aussucht, aber ich sehe keine andere Möglichkeit, unsere Freunde vom Plateau herunterzukriegen, oder?'

Die anderen schüttelten den Kopf. Sie hatten das schon ausführlich während des Tages diskutiert, als sie geduldig wartend in den Gewässern südlich von Shan trieben und abwechselnd schliefen, um sich für die Arbeit in der Nacht vorzubereiten.

Da kein anderer Plan auch nur im entferntesten durchführbar schien, würden Rick und Scotty in etwa zwei Stunden losgehen, um den ersten Versuch unternehmen.

Die Zeit verging schnell, mit Vorbereitungen in letzter Minute.

Die Jungs nahmen Seile mit sich, schwere Nägel, die sie, in besonders schwierigen Passagen, als Felshaken verwenden konnten.

Die Taschenlampen waren abgeklebt, sodass nur ein dünner Lichtstrahl herauskommen konnte. Dazu hatten sie Wasser in Dosen aus den Notrationen, Arbeitshandschuhe aus dem Kleiderraum und Schokoriegel als Energie-Rationen.

Zusätzlich hatte Rick die Pistole von Zircon mitgenommen, eine zerlegbare Angelrute, mit Spule und Leine, ein Funkgerät und das Fernglas.

Scotty hatte sein Gewehr bei sich, und einen Kalfathammer [wird im Schiffbau zum Abdichten benutzt. Dichtmaterial wird damit, in Verbindung mit einem Kalfateisen, in die Nähte eingeschlagen].

Die beiden jungen Männer tranken noch eine letzte Tasse Kaffee, als Chahda vom Oberdeck zu ihnen herunterkam. 'Es ist Zeit', sagte er. Wir sind zwei Meilen östlich von Shan. Der Wind steht gut. Ihr werdet eine schnelle Fahrt dorthin haben, aber zurück wird es schwieriger.'

Sie tranken ihren Kaffee aus und gingen hoch an Deck. Die vier schüttelten sich gegenseitig die Hände und Zircon warnte: 'Plant genügend Zeit für die Rückfahrt ein. Denkt daran, wenn ihr zu spät dran seid, müsst ihr euch den ganzen Tag auf dem Vulkan verstecken.'

Kapitel XVI

Die schwarze Felsenklippe

Eine schwere See brach sich an dem felsigen Grund der Insel. Rick betrachtete die Bucht, die sie für ihre zweite Ankunft ausgesucht hatten, mit einiger Besorgnis. Die Vinta wäre nicht sicher, wenn sie hier am Ufer festgemacht ist. Die Brecher würden sie in Stücke schlagen, bevor sie zurückkämen.

Scotty kam an seine Seite. 'Und was machen wir nun?'

'Schwimmen', sagte Rick grimmig. 'Hier herum sieht es so aus, als ob es der geschützteste Platz wäre, er ist aber nicht gut. Der Wind bläst diese Wellen fast um die halbe Welt, und sie haben ziemliche Kraft.'

'Wir müssen es wagen', sagte Scotty.

Sie manövrierten das kipplige Boot in den dürftigen Schutz des Ortes, auf den Rick gezeigt hatte, dann ließen sie den Steinanker ins Wasser fallen. Er schleifte kurz auf dem Boden entlang und klemmte sich in einer Kluft zwischen zwei Unterwasserfelsen fest. Das sollte halten, es sei denn, das Seil würde reißen.

Die Jungs nahmen ihre Sachen und verpackten sie in ihre Kleidung, zusammen mit den Schuhen und den Waffen. Dann, indem sie die Bündel mit ihren Händen hochhielten, ließen sie sich ins Wasser gleiten. Nach einem kurzen Augenblick rieben sich die beiden trocken und zogen ihre Kleider wieder an.

Rick testete das Funkgerät, während sie sich ausruhten: 'Rick an Zircon.'

'Wir sind auf Empfang, Rick. Wo seid ihr?

'Am Ufer', dann beschrieb er kurz die Lage.

'Ich hätte daran denken sollen', antwortete Zircon. 'Das östliche Ufer ist auf der dem Wind zugewandten Seite. Ihr musstet in eine Brandung kommen. Seid ihr in Ordnung?'

'Ja, wir gehen jetzt los. Wir sprechen euch wieder, wenn wir auf der Höhe sind und es sicher ist'. Er brachte das Umhängeband des kleinen Funkgeräts um seinen Hals und stand auf. 'Bist du bereit, den Mount Everest zu besteigen, Bruder Scott?'

Scotty starrte hoch auf die Spitze des Vulkans: 'Nur, wenn du Bruder Brant bist.'

Keiner der beiden jungen Männer war ein erfahrener Kletterer, aber beide kannten die wesentlichen Dinge einer solchen Aktion. Sie banden sich aneinander fest und begannen den langen Aufstieg. Anfangs ging alles leicht. Das Gefälle hinter ihnen war nicht steil, und die Bruchstücke der Lava gaben ausreichend Halt für Hände und Füße. Aber als sie einen Punkt erreichten, den Rick auf etwa zweihundert Fuß über dem Wasser liegend einschätzte, verstärkte sich das Gefälle sehr deutlich.

'Ruh dich einen Moment aus', schlug Scotty vor. 'Wir halten länger durch, wenn wir hin und wieder eine Atempause machen.'

Rick wusste, dass Scotty recht hatte, aber er wehrte sich gegen das Bedürfnis, sich auch nur für fünf Minuten untätig hinzusetzen. Er nutzt die Fünf-Minuten-Pause um Zircon zu berichten, dass alles in Ordnung war.

Rick ging wieder voran, sobald ihm seine mit Leuchtziffern versehenen Armbanduhr zeigte, dass fünf Minuten vergangen waren. Zweimal waren er und Scotty blockiert. Sie fanden aber einen Weg und machten ihn sicherer, indem sie Stahlnägel in die Felsspalten trieben. Der Hammer war etwas abgepolstert, sodass der Klang soweit gedämpft wurde, dass man ihn nicht mehr als ein paar Fuß entfernt hören konnte. Die Nägel konnten sie nutzen, um das Seil auf dem Rückweg festzumachen.

Der letzte Abschnitt ihres Aufstiegs ging zur Spitze des Kegels. Er war fast senkrecht, aber große Spalten machten ihn weniger schwer als einige der Bereiche unter ihnen. Scotty hatte nunmehr die Führung übernommen. Er erreichte die Spitze und wartete darauf, dass Rick zu ihm kommen würde.

Still schauten die beiden Jungs über die dunkle See, und Rick wünschte sich für einen Moment, dass er diesen Ausblick bei Tageslicht genießen könnte.

'Lass uns den Krater untersuchen', schlug Scotty vor. Er nahm seine Taschenlampe heraus und bewegte sich langsam vorwärts über das Geröll am Rand. Rick blieb an seiner Seite.

'Besteht die Gefahr, dass man den Strahl sehen kann?', fragte Scotty leise.

'Nein. Der Winkel stimmt nicht. Wenn du ihn direkt auf den Krater richtest, wird er von See aus unsichtbar sein.'

Rick sah zu, als Scotty das Licht anmachte. Der dünne Strahl der Lampe ging in die Tiefe und verlor sich schließlich im Nichts.

Die beiden Jungs starrten sich an.

'Die ganze Insel ist hohl!', flüsterte Rick. Ich würde sagen, das Ding hat einen richtigen Krater!'

'Ziemlich tief', stimmte Scotty zu. 'Nun, das ruiniert die Sache. Wir können nichts anderes tun, als herumzugehen. Du gehst voran.'

Rick tastete sich seinen Weg hinunter, bis er schließlich auf der Schulter des uralten Kraters stand, gerade unterhalb des letzten Bogens, der hoch zum Scheitelpunkt geht. Langsam und vorsichtig begaben sie sich auf ihren langen, herumführenden Weg, und nahmen den südlichen Hang, wie vorher vereinbart.

Er war ein schweres Vorwärtskommen. An manchen Stellen war die Lava brüchig und gab unter ihren Händen und Füßen nach. In anderen Bereichen war sie dicht, wie die Schlacke aus dem Stahlwerk.

Als Rick schätzte, dass sie jetzt mehr als die Hälfte der Distanz um den Vulkan herum waren, funkte er Zircon an und berichtete ihm. Dann teilte er dem großgewachsenen Wissenschaftler mit, dass dies für eine Weile der letzte Kontakt gewesen war.

Nach weiteren einhundert Fuß konnte man, weit unterhalb, die Lichter aus Dorf sehen. Die Jungs hielten an, um die Situation zu begutachten und um den westlichen Teil der Insel zu untersuchen. Von ihrem Aussichtspunkt aus, konnte man das meiste sehen. Nur die Bucht, wo die Vintas lagen und der Teil des Dorfes, der am nächsten am Felsvorsprung lag, waren außerhalb des einsehbaren Bereichs. Rick konnte den Strand deutlich wahrnehmen und dachte darüber nach, ob die Wachen in ihre Richtung sehen würden.

'Bewege dich vorsichtig', flüsterte Scotty. 'Es ist jetzt nicht der richtige Zeitpunkt, um einen Erdrutsch auszulösen.'

'Guter Ratschlag', flüsterte Rick zurück. 'Aber welchen Weg nehmen wir jetzt?'

'Der Hang links von uns sieht recht gut aus', antwortete Scotty leise. 'Wir können zurückgehen, wenn wir uns ein wenig weiter unten bewegen.'

Am Fuß des Abhangs fanden sie einen Schräglauf, der nach Norden hin abbog. Als sie dessen unteren Teil erreichten, flüsterte Rick, dass sie direkt oberhalb der Höhle sein müssten.

Er konnte den näher gelegenen Teil der Straße sehen, die von unterhalb des Plateaus zum westlichen Ende der Insel verlief. Alles was nun noch blieb, war, dass sie sich nach unten begeben mussten, bis in Reichweite der Wissenschaftler.

Sie bewegten sich mit größter Vorsicht, voller Angst, dass das geringste Geräusch sie verraten oder ein falscher Tritt einen Erdrutsch auslösen würde.

Es war eine anstrengende Aktion, da sie die meiste Zeit über rückwärts nach unten gehen mussten. Als sie eine Stelle erreichten, die wie ein totes Ende aussah, legten sie sich auf den Bauch und kamen eine glatte, senkrecht nach unten gehende Mauer, ungefähr zwölf Fuß hoch.

Rick löste das Problem, indem er einen Geröllbrocken fand, groß und stabil genug, um als Anker für das Seil zu dienen. Sie nahmen ein extra langes Stück von dem Seil, das Scotty mithatte, und befestigten es. Dann hangelten sie sich langsam an ihm herunter.

Das ganze Dorf breitete sich nun vor ihnen aus. Rick konnte sogar die Kreuzung sehen, die unterhalb des Felssockels lag, und er wusste, dass sie fast in Sichtweite zu dem Plateau sein mussten, wo die Wissenschaftler gefangen gehalten wurden.

'Das ist ein schwieriger Abschnitt, unterhalb von uns', flüsterte Scotty so leise, dass Rick ihn kaum hören konnte. 'Ich denke, es geht dort ziemlich steil bergab.'

Als sie sich langsam ein weiteres Dutzend Fuß fortbewegten, sahen sie, dass Scotty recht hatte. Dort war eine schmale Felsbank, und dann ging das Gefälle abrupt nach unten.

Beide Jungs lagen flach auf dem Bauch, und robbten Zentimeter um Zentimeter vorwärts, bis zu der Kante, und schauten über sie hinweg.

Rick fühlte den Griff von Scottys Hand an seinem Arm, wie eine eiserne Klammer, als dieser in diesem Moment bemerkte, dass es einen weiteren Felsvorsprung gab, genau darunter, wo ein Lagerfeuer brannte.

Aber das war es nicht, was Scotty sah. An einer Stelle, zu ihrer Linken, und nur wenig unterhalb von ihnen, gab es einen zweiten Felsvorsprung. Darauf saß ein Wächter, mit einem Gewehr über den Knien, der raus aufs Meer starrte.

Rick verschluckte fast sein Herz, das bis zu seiner Kehle hoch schlug. Sie waren in direkter Sichtweite des Wächters, zumindest ihre Köpfe waren das. Er zog sich zurück, so schnell wie es der raue Untergrund erlaubte, bis der Wächter nicht mehr zu sehen war. Er und Scotty unterhielten sich im Flüsterton, und ihre Stimmen waren dabei nicht lauter als ein laues Lüftchen.

'Richte deine Augen nicht auf ihn', sagte Rick. 'Er könnte fühlen, dass er beobachtet wird.'

'Das ist richtig. Er hat eine ideale Position. Er schaut herunter auf das Plateau, wo sich das Feuer befindet. Hast du die Leiter gesehen?'

Rick verneinte das.

'Sie führt von seinem Hochsitz auf den Felsvorsprung. Ich denke, dass die Leitern von dort runter auf den Boden führen.'

Der Wächter war ein Hindernis, das Rick nicht erwartet hatte. Er dachte darüber nach, ob der Mann auf Wachposition ihn letzte Nacht beobachtet hatte, wie er dem Piraten den kräftigen Schlag versetzte; er dachte aber, dass das keinen Unterschied machen würde. Wie Zircon sagte, mussten sie annehmen, dass die ganze Kolonie alarmiert war.

'Lass uns eins nach dem anderen auskundschaften', flüsterte er. 'Ich habe niemanden auf der Felsplatte gesehen.'

Er kroch noch einmal Zentimeter für Zentimeter nach vorne, und steckte seinen Kopf über die Kante. Das Feuer auf der felsigen Platte war recht klein, wahrscheinlich nur eine kleine Kochstelle.

Es gab niemanden zu sehen. Rick dachte sich, dass die Wissenschaftler in einer Höhle unterhalb des Felsens sein mussten, auf dem er sich gerade duckte. Er konnte nur hoffen, dass sie wach waren.

Rick schätzte die Situation ab. Es waren vielleicht dreißig Fuß bis runter zum Plateau. Der Wächter war zehn Fuß unter ihnen, und zwanzig Fuß zu ihrer Linken. Er bemerkte, dass der Wächter nicht über das Plateau blickte. Er war wach, aber er richtete seinen Blick nach draußen. Aller Wahrscheinlichkeit nach war er kein Wächter, sondern ein Beobachtungsposten, der nach Anzeichen von Schiffsverkehr im Westen Ausschau hielt, die Richtung, von der aus eine Gefahr für die Piraten kommen könnte.

Der junge Mann zog sich wieder zurück und kroch zu Scotty. 'Es gibt kein Anzeichen von irgendjemand anderem auf dem Plateau. Ich lasse auf alle Fälle das Funkgerät herunter.

'Ok', lass uns die Angel herausholen.'

Rick hatte den Behälter für die zerlegbare Angel auf seinem Rücken getragen und mit Schnur an den Schultern und am Gürtel festgemacht. Er löste die Verschnürung und setzte die Angel zusammen. Scotty half ihm, die Spule anzubringen, und führte die Schur durch die Ösen. Dann packte Rick das Funkgerät sorgfältig in sein Taschentuch und steckte alles in einen Baumwollbeutel, den er sich dafür von Chahda geborgt hatte. Er befestigte den Kordelzug des Beutels am Ende der Angelschnur und bewegte sich wieder Stück für Stück nach vorne. Scotty kroch ebenfalls voran, nachdem er sein Gewehr abgenommen hatte, und war in voller Bereitschaft.

Rick hatte sich nicht einmal darum gekümmert, eine Nachricht zu verfassen. Beide, Shannon und Briotti, würden das Funkgerät sofort erkennen. Es gab nichts Vergleichbares außerhalb von *Spindrift*. Sie würden es sofort benutzten und mit Zircon sprechen, noch bevor sich die beiden von der Position über ihren Köpfen wegbewegt hatten.

Rick führte die Spitze der Angel weit genug hinaus, sodass der Beutel auf kein Hindernis auf dem Weg nach unten treffen würde. Dann ließ er den Beutel hinausschwingen und gab Leine nach.

Der Beutel ging zentimeterweise nach unten, während er sich darauf konzentrierte, ihn langsam, aber stetig zu bewegen. Ein plötzlicher Ruck könnte die Aufmerksamkeit der Wache erregen, was eine vorsichtige Bewegung wahrscheinlich nicht machen wird.

Ein plötzlicher Ruck könnte die Aufmerksamkeit der Wache erregen

Er schwitzte stark, als der Beutel in Reichweite des Plateaus unter ihnen war und begann, sich Sorgen zu machen. Er hatte bisher niemanden gesehen. Hatten die Piraten die Wissenschaftler woanders hingebracht und den Beobachtungsposten an seiner Stelle gelassen?

Er führte den Beutel weiter nach unten, bis sich die Schnur plötzlich entspannte und er wusste, dass er unten angelangt war. Er konnte ihn in dem schwachen Glühen des Feuers sehen, wie er bewegungslos auf dem Fels unter ihnen lag. Lange Augenblicke vergingen, und er fühlte, wie der Schweiß auf seiner Stirn heruntertropfte; es war der Schweiß der Beunruhigung. Warum hatte sich noch niemand gezeigt?

Und dann, als wäre es die Antwort auf seine verzweifelten Gedanken, trat ein Mann in das Sichtfeld unter ihnen und warf gleichgültig seinen Mantel über den Beutel.

Rick schluchzte fast vor Erleichterung. Tony Briotti! Der vertraute Bürstenhaarschnitt war langen Haaren gewichen, aber das war Tony!

Schnell nahm Rick sein Messer, schnitt die Schnur durch und ließ das lose Ende nach unten fallen. Dann, indem er sorgfältig auf die Angel achtete, zog er sich von der Kante zurück und berührte Scotty, damit auch er das Gleiche tut.

Für ein paar Sekunden lagen sie nur so da, schwach und erleichtert. Dann nahm Rick die Angel auseinander und verstaute sie. Scotty schnallte sich wieder sein Gewehr um. Auf Händen und Knien traten die beiden ihren Rückzug an. Erst als sie sicher waren, dass der Wächter sie nicht mehr sehen konnte, standen sie auf, und begannen sich schneller zu bewegen.

Ihre Mission war ein Erfolg, aber vielleicht war es der Plan nicht. Rick war nicht länger enthusiastisch über sein Konzept. Der Wächter hatte alles verändert. Wie könnten sie die Wissenschaftler herauskriegen, wenn sie dabei von dem Wächter beobachtet werden?

Kapitel XVII

Die Funkverbindung

Die Morgendämmerung zeigte bereits ihr erstes, schwaches Licht im Osten, als Rick und Scotty die Vinta am Bug der *Swift Arrow* festmachten und an Bord kletterten. Hobart Zircon und Chahda begrüßten sie mit ziemlicher Erleichterung.

Wir dachten schon, ihr wärt verloren gegangen oder erwischt worden', sagte Chahda mit freudiger Stimme. 'Gut, dass wir falsch lagen.'

Zircon fügte hinzu: 'Wir waren schon fast dabei, in Richtung Ufer zu eilen, in der Hoffnung, euch zu sehen.'

'Es war der Wind', sagte Scotty erschöpft. Wir mussten auf dem ganzen Weg dagegen ankämpfen. Habt ihr jemals versucht, mit einer Vinta über Stunden gegen eine steife Brise zu kreuzen?'

Rick sackte auf einer bequemen Bank zusammen. 'Spart euch die Unterhaltung für später auf. Wir müssen hier besser verschwinden. Wir haben bald Tageslicht.'

'Du hast recht!', sagte Zircon und ging eilig ans Steuer, um mit der *Swift Arrow* in Richtung Süden zu fahren. Schrittweise schob er den Gashebel nach vorne, bis sie in einer sicheren Entfernung von der Insel waren, wohin das MTB mit voller Kraft fuhr. Erst jetzt hatten die vier Zeit zum Reden.

'Hattet ihr Funkkontakt?', fragte Rick.

Zircons breites Grinsen gab ihm die Antwort.

'Sie sind in Ordnung', rief Scotty, und fügte hinzu:

'Ja, so ist es. Wollt ihr ihnen Hallo sagen?

Rick sprang ans Funkgerät, das ihm der Wissenschaftler hinhielt, und steckte sich die Kopfhörer in die Ohren. Scotty nahm Chahdas Gerät.

'Hier sind Rick und Scotty', rief Rick. 'Hörst ihr uns?'

Die vertraute Stimme von Tony Briotti antwortete. 'Rick und Scotty! Ihr beiden jungen Klippenhänger! Was hat euch so lange aufgehalten, zurückzukommen? Zircon hat uns auf dem Laufenden gehalten, und wir waren fast krank vor Sorgen. Wir haben das Dorf beobachtet und erwartet, dass man euch als Gefangene hereinbringt.'

'Rick erklärte das mit dem ungünstigen Wind, und Scotty fügte hinzu: 'Und außerdem haben wir den Vulkan in Ruhe überquert und Nägel an ein paar schwierigen Stellen eingehämmert, um es leichter zu machen, wenn wir euch holen.'

'Das könnt ihr nicht', sagte Tony sofort. 'Jungs, glaubt mir, wir sind dankbar für den Versuch, aber ihr werdet damit nicht wegkommen. Da gibt es einen Beobachtungsposten, der uns die ganze Zeit über sehen kann, und auch keinen Weg, euch an ihn heranzuschleichen. Ich habe das schon Zircon gesagt, ihr müsst das nicht versuchen.'

'Wie geht es Dr. Shannon?', fragte Rick.

'Gut. Uns geht es beiden gut, obwohl wir ein Bad bräuchten und einiges Essen, wie wir es von zuhause gewohnt sind. Aber versuche nicht, vom Thema abzulenken, Rick. Ihr dürft nicht versuchen, uns von hier herauszubekommen. Ihr endet in Gefangenschaft, wenn ihr nicht gleich getötet werdet.'

Rick sah ein, dass diese Unterhaltung nirgendwohin führen würde, und er wusste, dass die Wissenschaftler recht hatten. 'Wir sind müde, Tony', sagte er mit matter Stimme. 'Es war eine harte Nacht.'

'Gut Jungs. Einer von uns wird stets wach sein, so funkt uns an, wenn immer ihr wollt.'

Zircon schaute die Jungs beunruhig an, als sie die Funkgeräte weglegten. 'Was denkt ihr darüber? Hat Tony recht?'

'Leider ja', gab Rick zu. 'Der Wächter ist an einer Stelle, wo wir ihn nicht erreichen können, außer mit einem Gewehr, und der Knall wäre unsere Niederlage. Ich bin sicher, dass es einen Weg von dort heraus gibt, aber ich kann mich nicht mehr konzentrieren. Ich bin zu müde.'

'Runter in euere Kojen, beide von euch', befahl Zircon. 'Chahda und ich werden aufpassen, bis wir in sicherem Gewässer sind, dann können wir alle etwas schlafen.

Rick brauchte keine zweite Einladung. Innerhalb von fünf Minuten war er eingeschlafen. Stunden später weckte ihn ein Sonnenstrahl, der durch das Bullauge kam, aus einem tiefen Schlaf – einem traumlosen Schlummer. Er streckte sich bequem aus. Eine Wäsche und ein kaltes Getränk würden genau richtig sein, entschied er, und dachte darüber nach, wie lange er geschlafen hatte. Seine Uhr sagte ihm, dass es zwei Uhr dreißig am Nachmittag war.

Er stand auf und sah, dass Scotty aus seiner Koje heraus und wahrscheinlich an Deck war. Chahda schlief ruhig, obwohl ihn der herumschwingende Köcher, den Rick in der Nähe seiner Schlafstätte aufgehängt hatte, jedes Mal am Ellenbogen traf, wenn das Boot schaukelte.

Rick nahm den Köcher herunter und wollte ihn gerade an einen Platz hängen, wo er Chahda nicht belästigen würde. Er hielt inne, die Augenbrauen gerunzelt. Er hatte die Antwort auf das Problem in der Hand. Ein Pfeil würde kein Geräusch machen.

Er schüttelte seinen Kopf und legte den Köcher zur Seite. Das würde bedeuten, dass man, ohne Warnung, einen Pfeil mit einer Jagdspitze durch den Kopf des Wächters schießen würde. Er wusste genau, dass er nicht in der Lage war, einen Mann kaltblütig und hinterrücks zu erschießen, egal wie die Herausforderung war. Es wäre ein leichter Schuss, aber einer, den er nie machen würde.

Zircon und Scotty entspannten sich auf dem Deck, als Rick sich nach einer schnellen Dusche zu ihnen gesellte. Sie begrüßten ihn mit ernster Miene.

'Hast du die richtige Antwort erträumt?', fragte Scotty.

'Ich habe nicht geträumt', entgegnete er. 'Ich hatte nur eine Idee, aber das geht nicht', und er erzählte ihnen von dem Bogenschuss.

Zircon lächelte verständnisvoll. 'Ich stimme voll zu, Rick. Ich könnte es auch nicht tun, selbst wenn ich die Fähigkeit dazu hätte'.

Er wechselte das Thema. 'Ich hatte mit Howard gesprochen, während ihr geschlafen habt. Er stimmt Tony zu. Wir sollen den Versuch nicht unternehmen.'

'Lasst uns nicht aufgeben', bat Scotty. 'Wir haben noch nicht jede mögliche Idee untersucht.'

'Das ist wahr', stimmte Zircon zu. 'Rick, du weißt nicht alles, was Tony und Howard uns gesagt haben. Es scheint so, dass es nach alledem doch einen Grund für ihre Gefangennahme gab.'

'Welchen?'

'Nun. Erinnerst du dich an den vermissten Filipino-Jungen aus Manila? Es scheint so, dass er ein junger Naturforscher ist. Er ist von zuhause weggelaufen, um zu Shannon und Briotti zu gehen, als er von ihrer Expedition in der Zeitung las. Und was glaubst du, wie er das angestellt hat?

Jetzt dämmerte es Rick.

Natürlich! Der junge Moro-Führer!, rief Rick aus. 'Jetzt verstehe ich. Die Piraten waren gar nicht hinter unseren Jungs her. Sie waren hinter dem Torres-Jungen her. Um ihn aber zu fassen, mussten sie Briotti und Shannon auch mitnehmen.'

'Genau richtig. Tony und Howard wussten noch nicht einmal, wer er war. Sie haben ihn in gutem Glauben angeheuert. Dann, als die Piraten in das Bagobo-Dorf kamen, haben sie versucht, den Jungen zu verteidigen, und wurden auch gefangen genommen.'

'Später wurden sie in dem gemieteten Boot hierhergebracht, zusammen mit dem Torres-Jungen. Das Segelboot wurde anders angestrichen und man ist damit nach Indonesien gefahren, um es dort zu verkaufen.'

'Tony sagte, dass die Piraten unruhig geworden sind. Wenn das Lösegeld für den Torres-Jungen nicht in ein paar Tagen kommt, würden sie vielleicht alle für immer verschwinden.'

Rick musste heftig schlucken. 'Es muss einen Weg geben, den Wächter auszuschalten! Er schaute auf Scotty. 'Könntest du den Wächter mit einem Stein aus einer Schleuder ausschalten?'

Scotty schüttelte den Kopf. 'Der Winkel und die Entfernung sind ungeeignet. Ich könnte Glück haben, oder auch nicht. Wenn nicht, haben wir verloren. Natürlich könnte ich leicht eine Schleuder anfertigen.'

Die jungen Männer sprachen mehr über die alte Art einer Schleuder, und nicht über eine moderne Version. Beide Jungs könnten so einen Versuch wagen, obwohl Scotty der bessere Schleuderschütze war.

Scotty fuhr fort: 'Warum muss ein Pfeilschuss tödlich sein? Du hast doch einige davon mit stumpfer Spitze.'

147

In dem Augenblick, wo die Worte 'stumpfe Spitze' gesprochen wurden, begann Ricks Gehirn zu arbeiten.

Die Pfeile im Köcher wären dazu nicht geeignet. Auf diese Entfernung und so einem kräftigen Bogen, würde sogar ein Pfeil mit einem flachen Ende tödlich sein. Aber wenn er diesem irgendwie einen breiteren und stumpferen Kopf geben könnte, würde sich der Einschlag über eine größere Fläche verteilen und betäuben, ohne zu töten.

'Professor, erforschen Sie bitte Einzelheiten über den Wachwechel und alles andere, was nützlich sein könnte', sagte Rick schnell. 'Ich habe eine Idee, die funktionieren wird, dank Scottys Kommentar.'

Er rannte nach unten, ging nach vorne und kramte im Tauraum herum. Dann lief er weiter zum Bereich mit den Farben für den Bootsanstrich und untersuchte alles in Reichweite. Nichts war geeignet. Enttäuscht ging er wieder an Deck und untersuchte die Aufbauten. Ein hölzerner Fasstopfen wäre ideal, aber sie hatten kein geeignetes Fass an Bord. Es gab nur ein fünfzig Gallonen Stahlbehälter für das Ersatzbenzin.

Im schlimmsten Fall könnte er sich eine Spitze vorstellen, die er aus einem Stück von dem Schutzbrett machen würde. Dann fielen seine Augen auf den Fahnenmast, der achtern angebracht war und er ließ einen Schrei der Begeisterung los.

Scotty und Zircon sahen zu, wie er den Stiel aus der Halterung nahm und ihn herunterzog. Er hatte eine vergoldete Kugel am Ende, ungefähr die Größe eines Baseballs. Angespannt untersuchte Rick das Teil. Es war fest angeleimt.

'Scotty!', brüllte Zircon. 'Im Werkzeugkasten gibt es eine Säge, und ich habe auch gesehen, dass dort Klammern und Bohrer sind.

Beide, Scotty und Zircon hatten sofort gesehen, nach was Rick suchte. Die große, gleichmäßige Kugel, würde den Aufprall des Pfeils auf eine größere Fläche verteilen. Scotty kam zugleich mit den Werkzeugen zurück und sägte die Kugel ab. Dann nahm Rick einen stumpfen Pfeil aus dem Köcher, schnitt den metallenen Kopf ab, und bohrte er ein Loch in der richtigen Größe in die Kugel, in die der Pfeilschaft perfekt hineinpasste.

Rick testete die Schwerpunktlage des nun recht plumpen Pfeils und schüttelte seinen Kopf. 'Ich bin nicht sicher, ob ich etwas damit treffen kann.'

'Hol den Bogen!', forderte Zircon ihn auf. 'Scotty, drehe eine Schraube durch den Boden der Kugel, um sie auf dem Schaft zu halten. Ich werde einen Pfeilfang bauen, damit Rick üben kann.'

Der Wissenschaftler fand eine Plane und spannte sie wie einen Vorhang querüber den Bug. Im Zentrum der Plane befestigte er einen Arbeitshandschuh.

Rick sah sich die Vorrichtung an. Die Leinwand würde nachgeben und den Stoß des Pfeils abfangen, damit er dann herunter auf das Deck fällt. Das würde funktionieren. Er wollte nicht riskieren, die Kugel zu verlieren.

Rick besprach sich mit Scotty, und sie schritten die ungefähre Distanz ab, aus der er schießen müsste. Dann stieg er auf das Dach des Steuerhauses, um die richtige Höhe zu haben. Er zog den Bogen ein paar Mal aus, um seine Muskeln zu lockern, und begann mit dem Üben.

Der Pfeil war schrecklich kopflastig und seine ganze Reaktion auf den Bogen war verändert. Am Anfang schoss er um zwei, drei Fuß vorbei. Dann, als er seine Versuche fortsetzte, begann sich die Genauigkeit zu verbessern.

Nach einer Weile hörte er auf und trank eine Cola. 'Ich werde niemals wieder mit einem normalen Pfeil schießen können', beschwerte er sich.

Scotty grinste. 'Mach diesen Schuss, dann wirst du niemals mehr schießen müssen.'

Als Chahda hochkam und sich den Schlaf aus seinen Augen rieb, war Rick im Ziel. Vier von fünf Schüssen trafen den Handschuh. Dann waren neun von zehn im Handteller.

Zircon forderte ihn auf, einzuhalten. Er nahm den Handschuh von der Plane und zog ihn an. Er stopfte ein gefaltetes Taschentuch hinein und stand dann mit ausgestreckter Hand vor dem Pfeilfang. 'Schieß da drauf', forderte er Rick auf.

'Ich werde sie verletzen', widersprach Rick.

'Nein, meine Hand wird mit dem Pfeil nachgeben. Ich will eine Vorstellung von dem Aufschlag bekommen.'

Rick nickte. Er nockte den Pfeil ein, nahm einen festen Stand und zog aus. Für einen Moment hielt er diesen Auszug und ließ dann geschmeidig los.

Die Kugel donnerte in die Hand des Wissenschaftlers. Zircon schaukelte ein wenig beim Einschlag und stand grinsend da, mit der Kugel und dem herausstehenden Schaft fest in seiner Hand.

'Ein richtiger Beanball', dröhnte Zircon [beanball = Begriff aus dem Baseballspiel, wo der Werfer den gegnerischen Schlagmann absichtlich trifft]. 'Das sollte reichen. Überprüfe nochmals deine Ausrüstung und leg sie weg. Wir müssen Pläne schmieden.'

Rick bemerkte, dass der Professor ein dazu passendes Lächeln aufgesetzt hatte, als er 'Beanball' sagte. Wie einen 'Fastball' [mit aller Wucht geradeaus geworfener Ball], der selbst von einem Werfer in der obersten Liga angeflogen kommt, konnte man den Pfeil mit der Hand fangen; er würde aber jeden ausknocken, der ihn an den Kopf kriegt. Alles was Rick nun tun musste, war, das eine Mal zu treffen.

Zircon versammelte die jungen Männer jetzt um sich herum und sprach:

'Tony sagt, dass die Wächter sich bei Sonnenuntergang ablösen, und dann wieder irgendwann bei Tagesanbruch. Wenn wir also unseren Versuch unternehmen, so bald wie möglich nach Einbruch der Dunkelheit, haben wir bis zum Morgengrauen, um zurückzukehren.'

'Diesmal werden wir uns nicht in der Vinta mit dem Gegenwind herumschlagen. Wir bringen sie herein, wie ihr es letzte Nacht gemacht habt. Aber wenn es Zeit ist zu verschwinden, wird Chahda uns mit dem großen Boot nachkommen.'

'In der Zwischenzeit sagen wir nichts zu Tony und Howard. Wir erklären es ihnen, wenn wir gelandet sind.'

Der junge Hindu machte ein gequältes Gesicht: 'Ich kann nicht mitkommen?'

Zircon legte behutsam eine Hand auf die verletzte Schulter des jungen Hindu:

'Du kannst nicht klettern, ohne dass sich die Wunde an der Schulter öffnet, Chahda. Deshalb bist du dazu ausgewählt worden, das Boot zu steuern. Du behältst dein eigenes Funkgerät, und wir rufen dich, wenn wir bereit sind, abgeholt zu werden. Und wenn wir dich dann dazu auffordern, komm so schnell du kannst.'

'Das werde ich tun', versprach Chahda.

'Also, wie ich von eurem Bericht über die Kletterei verstanden habe', sagte Zircon, 'denke ich, dass wir ein paar Strickleitern brauchen werden. Lasst uns damit anfangen, sie herzustellen.'

Kapitel XVIII

Im Schutz der Dunkelheit

Hobarts Zircons normaler Brüllton war so leise geworden, dass man ihn keine zwei Meter weit hören konnte, als er in das winzige *Megabuck* Funkgerät hineinsprach.

'Wir beginnen mit dem Abstieg den westlichen Abhang des Vulkans hinunter. Wie stehen die Dinge, Tony?'

Rick und Scotty hatten ihre Ohren dicht an dem winzigen Kopfhörer, den Zircon ihnen hinhielt. Die entführten Wissenschaftler hatten es aufgegeben, sie von ihrem Vorhaben abzuhalten.

'Alles normal, Hobart. Der Wächter hat sich hingesetzt. Er ist einer, der regelmäßig kommt. Er entspannt sich vollkommen, wie eine schlafende Katze, aber er ist hellwach. Lasst euch nicht von seinem Erscheinungsbild täuschen.'

'Das werden wir nicht', versprach Zircon. 'Wir funken euch wieder an, wenn wir in die Gefahrenzone kommen.' Dann rief er Chahda.

Der junge Hindu antwortete sofort: 'Hier.'

'Gut so. Bleib auf Empfang, damit du weißt, was wir tun.'

'Das werde ich machen. Sagen Sie Rick, dass er genau zielen soll.'

Rick musste grinsen, als Zircon das wiederholte. Das war ein guter Ratschlag. Nichtsdestotrotz brachte ihn ein Unbehagen ins Schwitzen. Niemals zuvor war er in einer Lage gewesen, wo Erfolg oder Misserfolg – und wahrscheinlich ihr Leben – von einem einzigen Schuss abhingen.

Scotty legte Rick seine beruhigende Hand auf die Schulter: 'Das ist nur ein gewöhnlicher Schuss. Auf dem Parcours zu Hause, hast schon viel schwierigere ins Ziel gebracht.'

'Er hat recht', fügte Zircon hinzu. 'Du hast heute Nachmittag gezeigt, dass du ein kleines Ziel mit dieser schwerfälligen Keule treffen kannst, die du erfunden hast. Lass uns losgehen.'

Scotty ging voran, auf der der Route, die sie in der vorausgegangenen Nacht ausgekundschaftet hatten. Rick folgte dicht hinter ihm, und Zircon bildete den Schluss. Trotz seiner Körpergröße war der Wissenschaftler leichtfüßig und ruhig.

Sie erreichten die Stelle, wo die jungen Männer in der letzten Nacht ein Seil an einem Felsbrocken befestigt hatten. Nun hielten sie inne, um die Strickleiter anzubinden, die Rick mit sich trug. Es war eine von vieren, die sie angefertigt hatten. Zwei davon waren bereits an ihrem Platz. Zircon trug noch die letzte von ihnen. Scotty ging zuerst nach unten, und Zircon folgte ihm vorsichtig.

Die Seile ächzten, aber sie hielten. Zircon stand nun auf festem Untergrund, und Rick folgte die Leiter herunter. Sie überwanden eine Kurve auf dem Pfad, dann hielt Scotty an und erhob seine Hand.

Rick nahm Shannons Bogen aus dem Köcher. Während er sich bereit machte, kontaktierte Zircon noch einmal Tony und Chahda. Als Rick das Zeichen gab, ging Scotty voran, auf den verbleibenden, wenigen Schritten zum letzten Felsvorsprung.

Hier, gerade noch außer Sichtweite des Wächters, nahm Scotty sein Gewehr herunter.

Der dunkelhaarige junge Mann ging nach vorne und lugte über die Felskante, die ihn abschirmte. Für einige, lange Momente beobachtete er die Szenerie unter ihm, dann kroch er zurück.

Rick verstand sein Zeichen. Es war Zeit.

Rick hatte genau geplant, wie er den Schuss ausführen würde. Er konnte nicht im Liegen schießen. Wenn er sich dabei niederknien würde, könnte ihn der Wächter genauso gut entdecken, als wenn er stehen würde – wenn dieser zufällig in seine Richtung blickt. Er konnte sich also gleich aufrecht hinstellen. Seine Treffergenauigkeit war in diesem Fall besser.

Rick nockte den Pfeil auf der Sehne ein, brachte seine Finger in Position und zog den Bogen ein wenig aus. Dann, nachdem er tief eingeatmet hatte, ging er ruhig vorwärts zur Felskante.

Er brauchte nur drei Schritte um den Wächter im Blickfeld zu haben. Er sah die lila Kopfbedeckung, seine gekrümmten Schultern und ein Gewehr, das locker auf den Knien lag. Er zog gleichmäßig aus, hielt kurz inne, und ließ den Schaft los.

Scotty war in diesem Moment neben ihm, das Gewehr im Anschlag, als der Pfeil losflog.

Er wurde nicht gebraucht. Rick fühlte sofort die Wirkung durch ein Geräusch, das klang, wie ein Baseball, der in den Fanghandschuh des Fängers klatscht. Seine Schultern krümmten sich ein wenig mehr und sein Kopf ging nach vorne zwischen seine Knie. In dieser Haltung blieb er. Der Pfeil rutschte über den Fels hinweg und stoppte.

Rick wusste, dass er ein wenig daneben gezielt hatte. Der Ball hatte den Wächter hinter dem Ohr getroffen, statt direkt auf den Hinterkopf. Der kalte Schweiß badete den jungen Mann, aufgrund der Knappheit eines Scheiterns. Er hätte fast vorbeigeschossen!

Es gab jetzt aber keine Zeit, groß darüber nachzudenken. Scotty und Zircon waren bereits in voller Aktion. Der großgewachsene Wissenschaftler wickelte die letzte Strickleiter aus, die um seine Hüften gewunden war, während Scotty Nägel in die Lavaspalten trieb. Sein hölzerner Hammer, der mit Stoff gepolstert war, machte nur ein dumpfes, fast unhörbares Geräusch.

Zircon band die Leiter an die Nägel und prüfte sie mit seinem kräftigen Zug. Sie hielt. Er ging nach vorne und ließ das freie Ende über die Felsklippe hinab.

Rick und Scotty standen bereit, den Männern auf dem Absatz unter ihnen hochzuhelfen. Sie waren bereits auf dem Weg, Howard Shannon als erster.

Gespannt beobachtete Rick das Dorf. Er war davon überzeugt, dass sie praktisch unsichtbar waren, vor dem Hintergrund der dunklen Lava, aber er würde sich nicht sicher fühlen, bis sie außer Sichtweite waren.

Shannon war nun oben, und Rick und Scotty halfen ihm herauf. Ein Filipino-Junge war der nächste, und Rick wusste, dass es der bekannte Elpidio Torres sein musste. Der Junge kletterte die Leiter herauf, wie ein Seemann, und kraxelte ohne Hilfe über die Kante.

Tony Briotti kam zuletzt. Der jugendhafte Archäologe verschwendete keine Zeit, die Leiter heraufzufliegen, und augenblicklich schüttelten sich die sechs die Hände in stiller Freude.

Scotty zog die Leiter herauf, sodass man sie nicht dort baumeln sah, und flüsterte mit dringlicher Stimme: 'Lasst uns losziehen.'

Wie vorab vereinbart, ging Scotty voran, dann kam Zircon, gefolgt von Shannon, Briotti und dem Filipino-Jungen, mit Rick am Ende. Er nahm sich jedoch genügend Zeit, um den Bogen abzuspannen und zurück in den Köcher zu stecken.

Als die Gruppe eine Pause einlegte, bevor sie sich auf den schwierigen Abschnitt um den Vulkankegel herum begaben, schnappte sich Rick das *Megabuck* Funkgerät von Tony. In der Aufregung hatten sie vergessen, Chahda anzufunken.

'Wir sind auf dem Rückweg, Chahda', sagte Rick ruhig, 'alle sechs von uns.

Der Triumphschrei von Chahda zertrümmerte fast Ricks Trommelfell. Er flüsterte: 'Halt dich zurück, du wilder Inder. Du ruinierst meine Ohren.'

'Tut mir leid', sagte Chahda, aber es klang nicht so. 'Kommt schnell zurück. Ich warte auf eure Nachricht, um zu euch kommen.'

Rick folgte der Gruppe, als sie sich wieder auf den Weg machten. Er dachte darüber nach, wie es wohl dem Wächter geht. Nach menschlichem Ermessen müsste der Mann noch bewusstlos sein. Das wäre zu wünschen!

Die Gruppe hatte den östlichen Abhang des Vulkans erreicht, direkt unterhalb des Kegels, und begann mit dem letzten Abstieg. Die Strickleitern machten die Strecke relativ einfach, ausgenommen die letzte Absenkung, bevor der Untergrund wieder etwas waagrechter wurde. Es war ein rauer Abschnitt, zu lang für eine Leiter. Ein einzelnes Seil wurde für diesen Zweck zurückgehalten. Rick nahm es von Scotty und befestigte es an einem Nagel, den sie vorher eingetrieben hatten. Zircon war der Erste, der es benutzte. Er ging schnell daran herunter und hielt sich am Seil fest, im Falle, dass er ausrutschen würde.

Scotty folgte, dann Shannon. Der schlaksige Zoologe war auf halbem Weg nach unten, als Rick fühlte, wie sich das Seil mit einem Ruck stramm zog, und er hörte Shannons verschluckten Schmerzensschrei. Rick prüfte nach einmal, ob das Seil sicher war, und ging dann zu Briotti und dem Filipino-Jungen. 'Geht los, wir müssen runter zu ihm.'

Scotty und Zircon, die von unten wieder hochgestiegen waren, kamen an Shannons Seite, bevor Rick und die anderen hinkamen. Augenblicklich waren alle sechs zusammen in einem Haufen.

Ein Felsbrocken hat sich unter mir gedreht', erklärte Shannon. Ich habe gefühlt, wie der Knochen in meinem Bein gebrochen ist. Ihr geht besser weiter. Ihr könnt mir später Hilfe schicken.'

'Unsinn', grummelte Zircon. 'Jungs, was können wir als Schiene benutzen?'

Rick hatte bereits Pfeile aus seinem Köcher geholt. 'Diese gehören Dr. Shannon. Ich bin sicher, er hat nichts dagegen, dass wir sie verwenden.'

'Du hast meine Erlaubnis', sagte Shannon mit einem verzerrten Lächeln.

Die stumpfen Pfeile waren schnell zu zwei Bündeln zusammengezurrt. Rick und Scotty spendierten ihre leichten Jacken und Scottys Messer blitzte im schwachen Licht der Sterne, als er sie zu Polstermaterial zerschnitt. Rick nahm eine der Ersatzsehnen des Bogens und gab sie an Zircon. Mit dieser Bogensehne konnte man alles fest zusammenbinden. Innerhalb kürzester Zeit war Shannons Bein sicher geschient, und Zircon gab weitere Anweisungen.

Scotty, geh hin und binde die Leine los und bring sie herunter. Du und Rick werdet sie von hinten halten, während Tony und ich Howard tragen. Du, Mr. Torres, läufst direkt vor uns her um den Tritt zu prüfen und uns vor losen Steinen zu warnen.

'Selbstverständlich Sir', antwortete der Filipino-Junge sofort.

Scotty kam von seinem Anstieg zurück, mit zusammengerollter Leine. Er wickelte sie einige Male um Shannons Hüfte, zog sie unter seine Achseln und sicherte sie mit einer Bogenschnur.

'Langsam und entspannt bleiben', wies Zircon an.

Langsam, war das entscheidende Wort. Rick und Scotty hielten die Sicherungsleine stramm gespannt, während Briotti und Zircon den verletzten Mann Stück für Stück vorwärts bewegten. Dabei drückten sie sich eng an den Fels und ertasteten jeden Schritt. Zircon, der stärkste von ihnen allen, musste die Hauptlast des Wissenschaftlers tragen.

Rick war besorgt. Der Weg über den Vulkan hatte bereits lange gedauert, und nun rannte ihnen die Zeit davon. Er schaute auf die Leuchtziffern seiner Uhr und stellte mit einem plötzlichen Schaudern fest, dass die Morgendämmerung nur noch eine halbe Stunde entfernt war. 'Wir müssen uns beeilen', sagte er.

'Sie wechseln die Wache kurz vor Sonnenaufgang', sagte Tony. 'Selbst wenn er immer noch bewusstlos ist, haben wir nicht mehr viel Zeit, bis sie ihn finden!'

'Du hast recht.' Zircon hielt an, und begann die Leine loszubinden, die Shannon sicherte.

'Was machen Sie?', fragte Scotty beunruhigt.

'Ich ändere unser Vorgehen', sagte Zircon mit grimmiger Stimme. Er gab Scotty die Leine. 'Schneid ein Stück davon ab und binde Howard an mir fest. Dann bringe den Rest davon unter meine Achseln.

Rick wusste, dass es eine schreckliche Belastung für den riesigen Wissenschaftler sein würde, aber es würde schneller vorangehen – wenn seine Kräfte durchhalten.

Zircon hob Shannon in seinen Armen hoch, und Scotty band das Seil zusammen, mit einer Art Schlinge, die Shannons Gewicht tragen würde. Dann brachte er ein Ende der verbliebenen Leine um Zircons Brustkorb und unter seine Achseln.

Rick, Scotty, Briotti und der Filipino-Junge ergriffen das Seil und hielt es fest, während der großgewachsene Wissenschaftler aufrecht den Rest des Gefälles hinunterging, Schritt für Schritt. Die anderen folgten, hielten dabei aber das Seil stets gespannt, falls er zu fallen drohte.

Sie bewältigten den schwersten Abschnitt des Abhangs, dann lehnte sich Zircon zurück gegen einen Felsbrocken und ruhte sich für einen Moment aus. Die letzten einhundert Meter waren nicht steil, aber sie waren übersät mit losem Gestein und Brocken von Lava. Zircon würde nicht in der Lage sein, viel schneller zu laufen. Rick schaute wieder auf die Uhr und dann zum Himmel. Er sagte nichts. Der riesige Wissenschaftler tat mehr, als man von irgendeinem Mann verlangen konnte. Er konnte es nicht schneller bewältigen.

Scotty kam an Ricks Seite. 'Hast du noch Pfeile übrig?'

'Ja', antwortete Rick. 'Die meisten der großen Jagdpfeile und ein Dutzend von den kleineren Jagdpfeilen. Warum?

'Wir könnten sie brauchen. Ich habe Angst, denn die Ablösung der Wache muss jetzt bereits wissen, dass sein Kumpel umgehauen wurde.'

'Wir haben beide Angst', korrigierte ihn Rick. 'Aber was können wir machen?'

'Mach dich bereit zum Kampf.'

Zircons heisere Stimme unterbrach die beiden. 'Los, vorwärts!'

Sie marschierten weiter und der Wissenschaftler trottete langsam voran, den letzten Abschnitt hinunter zur Bucht.

Sie hatten ungefähr die halbe Strecke zurückgelegt, als Rick das erste Segel sah. Es war nahe am Ufer, in der Nähe der Bucht, wo sie die Vinta geankert hatten.

Zircon hatte es auch gesehen. Leise rief er: 'Scotty, überlasse das Seil den anderen. Geh vor mir her und gib uns Deckung. Schieß nicht, es sei denn sie unternehmen etwas.'

Scotty ging vorwärts und nahm dabei sein Gewehr von der Schulter.

Zircon beeilte sich, so sehr er konnte. Glücklicherweise war das Vorwärtskommen nun leichter, und der Wissenschaftler kam schneller voran. Rick half, die Leine gespannt zu halten, und teilte seine Aufmerksamkeit zwischen dem Beobachten des ungewissen Untergrunds und dem Ausblick nach anderen Segeln.

Die erste Piratenvinta kam mit ihrer Nase in die Bucht, als zwei weitere in Sichtweite erschienen. Fast im gleichen Moment erreichte Zircon den schmalen Landstrich an der Ecke der Bucht.

Rick lies das Seil fallen, eilte an die Seite des riesigen Wissenschaftlers und zog sein Messer. Er durchschnitt die Stricke, die Shannon an Zircon festhielten, und brachte den verletzten Zoologen herunter in eine Sitzposition, mit einem großen Felsbrocken in seinem Rücken.

Die Morgendämmerung kam jetzt mit verstärkter Kraft. Rick konnte nun Einzelheiten klarer erkennen, und er wusste, dass es nur noch Minuten sein würden, bis praktisch das volle Tageslicht da wäre. Die *Spindrift* Gruppe konnte jetzt die Vintas der Piraten klar gegen den Hintergrund der See ausmachen, aber diese konnten sie selbst noch nicht sehen, denn sie waren immer noch im Schatten, mit dem dunklen Fels hinter ihnen. Dennoch würden die Piraten die Bucht zuerst aufsuchen, denn es war der logischste Ort.

Er schätzte schnell ihre Chancen ein und sah, dass die Situation ziemlich hoffnungslos war. Es gab keine Möglichkeit ihre Vinta an den Piraten vorbeizubringen. Sie würden kämpfen müssen. Er nahm die Teile des Bogens aus dem Köcher und war bereit. Neben ihm überprüfte Zircon das Magazin in seiner Pistole.

Rick nahm das *Megabuck* Gerät aus seiner Tasche und rief leise: 'Chahda!'

'Hier, Rick', antwortete er. 'Ich habe lange auf euren Kontakt gewartet. Wie stehen die Dinge?'

'Nicht gut', sagte Rick. 'Shannon hat sich ein Bein gebrochen. Wir sind in der Bucht, die sich mit Vintas füllt. Wir sind abgeschnitten.'

Chahda gab einen Pfiff von sich. 'Das ist verdammt schlecht. Also, ihr sucht euch einen Weg zum offenen Wasser, und ich denke darüber nach, wie ich euch abhole. Das mache ich sofort.'

'OK', sagte Rick, ohne zu wissen, wie das gehen sollte. 'Komm rein, aber tappe nicht in eine Falle!'

Es gab einen plötzlichen Chorgesang von Piratenschreien, dann feuerte einer der Moros einen Schuss ab. Scottys Gewehr knallte und die Gewehre der Piraten antworteten. Der Kampf hatte begonnen! Rick griff nach einem Pfeil mit Jagdspitze aus dem Köcher und rannte vorwärts.

Kapitel XIX

Chahda fegt über die See

Der Austausch von Gewehrschüssen dauerte nur wenige Momente, ohne Opfer auf beiden Seiten. Scotty hatte die Schüsse mehr als Warnung abgegeben, ohne Treffer zu landen. Die *Spindrifter* hatten sich hinter den Felsen verschanzt, und der Schutz war ausreichend.

Rick schätzte die Situation ab. Mehr Vintas drängten sich in die Bucht. Es waren so viele, dass sie sich nun gegenseitig behinderten. Es würde nicht mehr lange dauern, dass die Bucht mit Vitas verstopft war und die Moros an Land schwärmen würden. Leider war die See ruhig, mit einer nur geringen Brandung am östlichen Ufer. Schwere Brecher hätten helfen können, die Piraten beschäftigt zu halten, dachte sich Rick.

Eine Sache war glasklar. Sie konnten nicht darauf warten, dass die Piraten sie überrennen würden. Rick rannte an die Seite von Zircon.

'Professor, können Sie Shannon tragen? Wir müssen auf die andere Seite der Bucht gelangen, dann über die Felsen hinweg zur See hin. Das ist eine bessere Position, um uns zu verteidigen, und wir könnten eine Chance haben das Wasser zu erreichen, wenn Chahda kommt. Ich habe ihn gerufen, er ist auf dem Weg herein.'

'Rick hat recht', meldete sich Scotty zu Wort. 'Macht euch auf dem Weg und ich gebe euch Deckung.'

Zircon nickte, ohne etwas zu sagen. Er schritt schnell an Shannons Seite und hob den Zoologen hoch. Dann folgte er Rick zum Ende der Bucht und begann über die winzige Landzunge zu klettern, welche die Bucht von der offenen See trennte.

Es war ein hartes Vorankommen. Tony Briotti half Zircon über die schwersten Stellen, während Rick und Elpidio Torres bereitstanden, um Hilfe zu leisten, falls es notwendig werden sollte. Scotty blieb am Rand der Bucht, das Gewehr bereit.

Die Piraten hatten sich noch nicht organisiert. Die *Spindrifter* waren immer noch im tiefen Schatten und nicht klar zu erkennen. Ab und zu gab ein Pirat einen Gewehrschuss ab, aber das war mehr aus Disziplinlosigkeit, als auf ein Ziel, das man beschießen sollte.

Rick hoffte, dass die Gruppe der *Spindrifter* die zur See hingehende Seite der Landzunge erreichen würde, zu der sie nun kletterten, bevor die Piraten zum Ufer ausschwärmten. Es gab eine gute Chance die Landzunge zu verteidigen, besonders mit Scottys Gewehr.

Zircon erreichte die Spitze und ging darüber weg. Rick rief: 'Scotty, komm jetzt!'

Sofort drehte sich Scotty herum und rannte.

Ein Hagel von schlecht gezielten Gewehrschüssen prallte vom Fels ab, verteilt über einen Bereich von vierzig Fuß, als die Piraten beim Klang von Ricks Stimme zu schießen begannen. Keiner kam nahe an das Ziel heran. Dann realisierten einige Piraten, die offensichtlich intelligenter als die anderen waren, was vor sich ging. Als Tony Briotti und der Torres-Junge auf der Spitze der Anhöhe, vor dem Hintergrund des Himmels, kurz zu sehen waren, feuerten die wenigen geistesgegenwärtigen Piraten. Die meisten Schüsse gingen vorbei, aber Rick hörte den Filipino-Jungen nach Luft schnappen.

Scotty erreichte Rick und sagte leise: 'Lass uns losgehen und auf unserem Bauch über die Spitze rutschen.'

Rick brauchte diesen Ratschlag nicht. Er hatte nicht die Absicht, den Piraten seine Silhouette sehen zu lassen. Er kauerte sich nieder und bewegte sich die wenigen Fuß zur Spitze, fand einen Felsbrocken und rutsche schnell daran vorbei. Scotty folgte einen Moment später.

'Ich bleibe hier auf der Anhöhe', sagte Scotty. 'Wenn irgendwelche Piraten versuchen, uns nachzufolgen, habe ich freies Schussfeld. Und wenn sie schlau sein wollen und von der Seeseite kommen, werde ich auf sie herunterschießen. Aber, wie werden wir hier rauskommen?'

'Sag du es mir, sagte Rick. 'Ich weiß es nicht.'

Die Piraten hatten nicht lange gebraucht, um zu folgen. Einige Vintas umrundeten bereits die Stelle in der Bucht, in Richtung der Gruppe, die sich nun, auf einem Vorsprung, direkt über der See, hinter Felsbrocken versteckt hatte. Rick rannte herunter, um sich zu den anderen zu begeben. Er ließ Scotty zurück, der den hinteren Teil bewachen sollte.

Toni Briotti grüßte ihn. Dann sagte er: Schau!'

Rick folgte dem zeigenden Finger des Archäologen. Aus südöstlicher Richtung, auf der von der Sonne rosa gefärbten See, sah er die niedrigen Umrisse der *Swift Arrow*. Chahda war auf dem Weg.

Zircon brüllte: 'Pass auf!' Seine Worte hallten, zusammen mit einem matten Knall seiner Pistole. Die erste Vinta hatte die Gruppe erreicht und befand sich nur wenige Fuß vor dem Ufer. Andere versammelten sich dahinter. Rick machte sich fertig, um wieder zu schießen, als er den Torres-Jungen sah, der ein blutiges Taschentuch um seinen Arm gebunden hatte und mit seiner gesunden Hand Steine warf. Tony Briotti tat das Gleiche, hob große Stücke von Lava auf und schleuderte sie in das Piratenboot.

Rick entdeckte einen Gewehrschützen in der am nächsten liegenden Vinta und schickte einen Jagdpfeil zu ihm hin. Der Pfeil ging zwischen dem Arm und der Seite des Piraten hindurch, und nagelte sein Hemd an den Mast. Rick nockte schnell einen weiteren Pfeil ein und wartete auf einen klaren Schuss.

Hinter ihm sprach Scottys Gewehr, einmal, zweimal, dann ein drittes Mal. Schreie, die aus einer Richtung hinter der Landzunge kamen, zeigte ihnen, dass sie versucht hatten, über Land zu ihnen zu gelangen. Rick hoffte, dass das einzige Gewehr von Scotty genügen würde. Wenigstens konnte sein Freund aus einer Deckung heraus schießen, während die Piraten auf offenem Gelände waren.

Eine Vinta versuchte heranzukommen, und Rick schickte einen Pfeil in die Schulter des Steuermanns. Die Vinta driftete ab und kollidierte mit einer anderen.

Es war nur eine Frage der Zeit, bis die Piraten gezwungen waren, an Land zu kommen, allein durch ihre Anzahl. Rick wusste, dass diese kleine Gruppe sich nicht lange halten konnte, nicht gegen ihre Barongs und Krise. Er schoss noch einmal und nahm einen Gewehrschützen der Piraten aus dem Gefecht. Zircons schwere automatische Waffe traf ersten Piraten, der versuchte ans Ufer zu kommen, und warf ihn zurück zu seinen Kameraden.

Tony Briotti versorgte den wirren Stapel von Piraten mit einem Lavaklumpen, in der Größe eines Baseballs. Schreie von Schmerz und Wut kamen aus dem Haufen der strampelnden Moros.

Andere Vintas kamen zum Ufer, etwas weiter weg, und Rick sah Piraten, die ungehindert auf den Felsen hochkletterten. Er erwischte zwei von ihnen mit den Pfeilen, dann feuerte Scotty aus seiner vorteilhaften Position und zwang sie, in Deckung zu gehen.

Über die Gefechtsschreie und das Gekreische der Moros hinweg, hörte Rick plötzlich das Hornsignal der Swift Arrow. Er schaute rechtzeitig hoch, wie Chahda mit voller Geschwindigkeit parallel zum Ufer dahin raste. Als der junge Hindu näher herankam, feuerte die Salutkanone der *Swift Arrow* plötzlich eine Ladung von Reißnägeln in die Traube der Vintas. Die Piraten drängelten sich in Deckung vor dieser neuen Bedrohung, als das MTB vorbeihuschte. Die schreckliche Bugwelle hob die Vintas in die Höhe und schob sie krachend ineinander. Zwei von ihnen kenterten.

Rick ging zurück und griff nach seinem Funkgerät und steckte schnell die Kopfhörer in sein Ohr. 'Chahda! Das war großartig!'

Der junge Hindu klang aufgeregt. 'Ich mache jetzt einen kurzen Bogen und versuche das gleiche noch mal, nur näher ran. Macht euch fertig. Wenn ich das Horn tönen lasse, müsste ihr irgendwie ins Wasser kommen. OK?'

'Wir versuchen es', antwortete Rick grimmig. Er winkte Scotty herbei, der herunter zu ihm kam, aber dabei ein wachsames Auge nach hinten behielt, falls ein Pirat es probieren würde, über die Anhöhe zu kommen. Die zwei rannten zu Zircon hin. Rick sagte eilig: 'Wir müssen ins Wasser gehen. Chahda kommt gleich zurück. Wir müssen bereit sein, wenn er das Horn ertönen lässt.'

Zircon übergab Tony die Pistole. 'Halte ihre Köpfe unten. Ich bringe Shannon zum Ufer zu der am nächsten gelegenen Vinta. Der Rest von euch kommt mir nach. Beeilt euch. Wir müssen zu ihr hinschwimmen, es sei denn, wir können die Vinta greifen.'

Der großgewachsene Wissenschaftler kam an Shannons Seite, gerade als Chahda seinen zweiten Durchlauf begann.

Wieder gab der junge Hindu eine Salve von der Salutkanone ab, dann kam er näher heran und ließ die Vintas mit seiner Bugwelle hart aufeinander ans Ufer treiben. Die sinkenden Vintas schickten ihre Mannschaften in Haufen über Bord. Das MTB war so nahe am Land, dass Rick die Schnur sehen konnte, die Chahda an den Auslöser der Kanone gebunden hatte, um sie mit Abstand zu bedienen.

Die Piraten waren in diesem Moment zu beschäftigt, um sich über die *Spindrifter* Gedanken zu machen. Zircon hob Shannon hoch und rannte das Ufer entlang und ignorierte das Kielwasser von dem MTB, das über die Felsen rauschte. Rick und Scotty waren direkt hinter ihm, und hielten die Waffen bereit.

Eine Vinta mit nur zwei Piraten an Bord kratzte mit dem Rumpf zurück von den Felsen. Der Rest von seiner Mannschaft kämpfte im Wasser.

'Kriegt sie!', schrie Zircon.

Rick erwischte einen mit einem Pfeil, gerade als sich der Mann auf die Reling setzte. Der schwere Schaft warf ihn über die Seite. Scottys Gewehr schickte den anderen in einem Haufen auf den Boden der Vinta.

Die Jungs bewegten sich schnell und ergriffen das Boot, gerade rechtzeitig, bevor die Wellen es forttrugen. Zircon sprang hinein und drehte sich dabei um. Er fiel hin, mit dem Zoologen in seinen Armen. Der Mast nahm den Aufprall des großen Gewichts des Wissenschaftlers auf und brach im unteren Teil ab und hinterließ ein herunterhängendes Segel, den Mast und den Ausleger.

Geht rein!', schrie Scotty Tony und Torres entgegen. Sein Gewehr bellte den Piraten weiter oben am Strand entgegen und zwang sie, wieder in Deckung zu gehen. Zircon legte Shannon hin und hievte den Piraten, den Scotty verwundet hatte, ans Ufer.

Rick folgte Tony und Torres ins Boot und schrie dann Scotty zu, es abzustoßen. Er griff wieder nach dem Funkgerät und rief nach Chahda: 'Chahda! Was machen wir jetzt?'

'Versucht, ein wenig von Ufer weg und dann alle rein ins Wasser zu kommen. Fangt das Seil, wenn ich da bin. Alle müssen es festhalten. Passt auf, wenn ich das Horn ertönen lasse, und ihr werdet sehen.'

Rick wiederholte laut die Anweisungen für die anderen und steckte das Gerät wieder in seine Tasche, lies seinen Bogen fallen und ergriff das Paddel. Scotty kniete an seiner Seite, ein Stück Brett in seiner Hand. 'Los, lass uns hier wegkommen', sagte er mit dringlicher Stimme.

Unter dem Schwung von Scottys erstem Anschub und den Paddeln der Jungs, bewegte sich die Vinta langsam heraus, bis sie gute dreißig Fuß vom Ufer weg waren. Das nächstliegende Piratenboot wollte sie abfangen, mit vier Moros an den Paddeln.

Scotty hörte auf zu rudern und begann zu schießen. Die Piraten ließen die Paddel fallen und tauchten ins Meer ab.

Rick schaute sich sorgenvoll um. Wo war Chahda?

Dann sah er das MTB, wie es in einem scharfen Bogen am nördlichen Ende der Insel fuhr. Als er dies beobachtete, richtete Chahda das Boot geradeaus, und die Bugwelle schäumte, als er Fahrt aufnahm.

'Wir gehen jetzt besser ins Wasser!,' rief Rick aus. 'Tony, gib mir die Pistole und nimm Shannons Bogen und Köcher. Häng sie beide gleich auf deine Schulter. Scotty und ich werden in der Vinta bleiben, um euch Deckung zu geben.'

Tony nickte, und sie tauschten die Waffen. Ich helfe Zircon mit Shannon. Komm Pete [Pete = Elpidio]. Geh über die Seite ins Wasser und schwimme ein wenig weiter raus.

167

Der Torres-Junge reagierte sofort und sprang mit dem Kopf voran ins Wasser. Tony folgte und übernahm Shannon, als Zircon den verwundeten Mann herunterreichte. Dann begab sich auch Zircon ins Wasser und führte sich und die drei anderen weg von der Vinta.

Rick und Scotty betrachteten das Gewirr der Piratenboote und warteten darauf, dass sich das nächste Boot befreien konnte und versuchen würde, zu ihnen zu kommen. Chahdas Bugwellen hatte die Piratenflotte in einem Chaos zurückgelassen. Einige Boote sind umgeschlagen, fast alle hatten Segel und Ausleger in einem Haufen übereinander, auf Deck oder über den Piraten.

Eine Vinta konnte sich losmachen und die Piraten sichteten plötzlich die Jungs. Ein Moro hob sein Gewehr an, um zu schießen, und fand es sogleich zerschmettert in seinen Händen, als Scotty einen Schuss losließ. Der Schaft zersplittere und die Kraft des Schlags schlug ihm den Lauf ins Gesicht. Er ging zu Boden.

Dann unternahm einer der Piraten am Ufer einen Versuch. Er stand aufrecht da, das Gewehr bereit. Rick feuerte mit der schweren Automatik. Er verfehlte ihn. Der Pirat betrachtete die silbrigen Bleisplitter am Fels, zwei Zentimeter von seinem Knie entfernt, und duckte sich weg.

Chahda flog vorbei, und die Bugwelle hob Rick und Scotty hoch in die Luft. Sie hielten sich mit ihrer freien Hand an der Vinta fest und mussten einen festen Griff behalten, damit sie nicht herausgeschleudert wurden, als das Boot wild schlingerte. Rick legte den Sicherungshebel um, senkte den Abzug auf halbe Spannung und verstaute die Pistole sicher in seinem Gürtel. Für einen Moment hielt er sich mit beiden Händen fest; dann rief er nach Scotty.

'Lass uns zur Sache gehen!'

Scotty versuchte das Gewehr auf seinen Rücken zu schnallen, während er sich mit einer Hand festhielt. Er gab es auf und ging über die Seite ins Wasser. Als er schließlich in der See badete, kam er zurück an die Oberfläche und es gelang ihm, das Gewehr an die richtige Stelle zu bringen. Rick wartete, bis die Vinta sich in der Rückspülung vom Ufer nach unten bewegte und sprang, Kopf voran, ins Wasser. Das kühle Nass umgab ihn. Er wand sich nach oben und kam an die Oberfläche.

Scotty wartete auf Rick. Dann schwammen die beiden Männer weiter nach draußen, wo die anderen vier sich über Wasser hielten und auf Chahda warteten.

Rick hörte, wie das Horn des MTB in einem langen Tuten ertönte, und er erhob sich aus dem Wasser, um sich umzusehen. Für einen Moment dachte er, dass Chahda die Kontrolle verloren hatte, da das Boot sich in einem engen Kreis drehte. Das konnte nur gehen, wenn man eine Maschine im vollen Rückwärtsgang laufen ließ, und in die andere mit vollem Vorschub!

Dann sah der junge Mann, was Chahda gemacht hatte. Die Zentrifugalkräfte des sich im Kreis drehenden MTBs ließen ein fünfzig-Gallonen-Fass über das Wasser tanzen, am Ende eines langen Seils. Als das Fass weit nach außen sprang, richtete Chahda das Boot geradeaus und nahm Fahrt auf.

'Los, komm!', schrie Rick Scotty an. Er streckte sich im Wasser, um schnell vorwärts zu schwimmen. 'Lass Chahda das machen!

Hätte er versucht, das Fass nach außen zu schleudern, während er geradeaus fuhr, hätte er es kaum weit von achtern wegbewegt. Das MTB in schneller Fahrt kreisen zu lassen, war der einzige Weg, das Fass weit genug vom Boot wegzubringen, damit alle eine Chance hatten, das Seil zu fassen.

Rick schaute hoch und sah, dass er und Scotty fast innerhalb des Weges waren, den das Seil mit dem Fass am Ende nahm. Es bewegte sich nun wieder nach achtern hin, während Chahda geradeaus fuhr, aber es war immer noch weit genug weg von der Seite des Boots, um sie alle einzufangen.

Er hielt inne und schaute auf seine Freunde. Er sah, dass Zircon seine Beine fest um Shannons Brust gelegt hatte und bereit war. Tony und Torres bemerkten das herankommende MTB und warteten darauf, zufassen zu können.

'Mach dich bereit', schrie er Scotty zu.

'Verpasse es nicht', rief Scotty zurück.

Chahda schoss mit dem MTB vorbei.

Rick konnte kurz sehen, dass Zircon vorbeigezogen wurde, wie ein übergroßes Surfbrett; dann kam das Seil zu ihm. Er fasste es mit beiden Händen und klammerte sich daran, um den Zug aufzufangen. Der Ruck an seinen Armen war enorm, aber er hielt sich fest und schlug wild mit seinen Beinen, um seinen Kopf über Wasser zu halten. Nach einem keuchenden Schnapper nach Luft brachte er es fertig, sich gegen die Kraft des Wassers zu drehen, und lag flach auf seinem Bauch. Er krümmte seinen Rücken und bekam so seinen Kopf nach oben. Nach einem kurzen Moment glitt er entlang wie ein Wasserski. Neben ihm am Seil, hatte Scotty das Gleiche gemacht.

Aufgeregt zählte Rick und stieß dann einen Seufzer der Erleichterung aus. Es waren alle da! Wenn aber Chahda nicht bald das Tempo verlangsamt, kommt Shannon in ernsthafte Schwierigkeiten. Offensichtlich behielt der junge Hindu ein waches Auge auf seinen 'Fang'. Er verlangsamte die Geschwindigkeit, bis er fast stillstand, und gab Zircon die Gelegenheit, Shannon ans Seil zu ziehen, wo sich der verwundete Mann selbst helfen konnte.

Dann holte Chahda die Leine herein, bis Zircon direkt am Boot war. Der junge Hindu hatte die Steigleiter herübergeworfen. Zircon erfasste sie und hielt sich fest.

Rick und Scotty ließen das Seil los und schwammen schnell auf das Boot zu. Beide hatten gesehen, dass Zircon Hilfe benötigte. So war es auch mit Tony, der Shannon zur Leiter hin half.

Rick klammerte sich fest, um den Zug aufzufangen

Chahda ließ ein Seil mit einer Schlinge am Ende herunter, und Zircon brachte die Schlaufe über Shannons Schulter und stellte sicher, dass es fest unter seinen Armen befestigt war. Der großgewachsene Wissenschaftler stieg schnell die Leiter hoch und rief nach unten: 'Haltet ihn von der Seite weg! Rick, geh auf die Leiter. Scotty komm hoch, und hilf mir. Tony pass auf seine Füße auf.'

Nach einem kurzen Moment waren alle Helfenden in Position. Rick legte ein Bein um eine hölzerne Sprosse und brachte einen Arm hinter das Seil. Dann zogen Scotty und Zircon, während er Shannon vom Bootsrumpf weghielt, sodass das verwundete Bein nicht an die Seite oder eine Sprosse schlagen konnte.

Sobald Shannons Schultern an der Reling waren, griff Tony an Rick vorbei und half, den Wissenschaftler an Bord zu ziehen. Rick wartete, um Tony zur Hand zu gehen und bemerkte, als der Filipino-Junge an Bord kam, dass sein Arm mit frischem Blut befleckt war. Der Kerl gab ihm ein breites Grinsen, als er in Sicherheit kletterte.

Eine Gewehrkugel unterbrach Ricks antwortendes Grinsen. Sie schlug in den Rumpf, nur ein paar Fuß entfernt. Mit seiner freien Hand fand er sein Messer und durchschnitt das Seil, welches das Fass hielt. Dann rief er: 'Los Chahda! Lass uns hier abhauen!'

Das Dröhnen der zwei Motoren war die Antwort. Als er über die Seite hinweggeklettert war und die Leiter eingeholt hatte, war das MTB bereits auf Höchstgeschwindigkeit und ließ die Pirateninsel hinter sich.

Rick schaute zurück. Die Vintas der Piraten lagern immer noch in einem Haufen zusammen, in der Nähe der Bucht.

Weit über ihnen war der schwarze Fels des Vulkans rosa geworden, durch die Strahlen der aufgehenden Sonne.

Für eine lange Zeit starrte Rick auf Shan, dann drehte er sich mit einem Grinsen herum, um seinen Freunden die Hände zu schütteln.

Kapitel XX

Die Patrouille übernimmt

Colonel Felix Rojas von der philippinischen Polizei schritt über das Deck der *Swift Arrow*, während er der Geschichte zuhörte, die ihm die *Spindrifter* erzählten. Neben dem MTB lag ein Kanonenboot der philippinischen Küstenwache, und dahinter war ein Geleitzerstörer, der bis hoch oben mit Polizeiinfanteristen gefüllt war.

Rick und seine Freunde hatten den Hafen von Dalun auf Tawi Tawi im letzten Moment erreicht, als dieser, aus zwei Schiffen bestehende Konvoi gerade aufbrechen wollte, um sie zu suchen. Die Anwesenheit von Colonel Rojas war eine Überraschung, aber, wie er erklärte, hatte er das nächste Flugzeug nach Hause genommen, als er von den Piraten hörte, um selbst das Kommando zu übernehmen.

Die Gruppe im Steuerhaus des MTB war vollständig, ausgenommen Shannon und Elpidio Torres, die auf dem Kanonenboot medizinisch versorgt wurden.

Hobart Zircon hatte den Teil der Geschichte aus der Sicht des Suchtrupps übernommen. Dann berichtete Tony Briotti über Einzelheiten, was ihn, Shannon und 'Pete' Torres betrafen.

Colonel Rojas hörte zu, ohne zu unterbrechen, und schüttelte schließlich seinen Kopf. 'Ich kann es nicht verstehen. Die Piraten wollten nicht Sie und Dr. Shannon. Sie wollten den Torres-Jungen. Warum haben sie euch nicht einfach ermordet?

Tony Briotti zuckte mit den Achseln. 'Das war nicht einfach nur Menschlichkeit. Sie haben keine.'

'Ich denke, dass die Piraten realisiert hatten, dass Pete Torres lebend zurückgegeben werden musste. Sein Vater ist ein zu wichtiger Mann in diesem Land, um Pete ein Leid anzutun. Das hätte sonst bedeutet, dass die gesamten Streitkräfte des Lands losgelassen würden, um die Piraten zu jagen. Wenn sie also vorhatten, Pete nach Lösegeldübergabe nach Hause zurückzuschicken, mussten sie auch uns freilassen.'

'Der junge Torres hätte über euren Tod berichtet, und das philippinische Militär wäre wahrscheinlich durch amerikanische Kriegsschiffe verstärkt worden' beendete Colonel Rojas die Diskussion. 'Das ist ein guter Grund, wie manch anderer auch. Wir nehmen das mal so an, da wir nichts Besseres haben.'

Rick meldete sich zu Wort. 'Es gibt da eine Lücke in der Argumentation von Tony. Sie mussten doch auch annehmen, dass die Behörden eine Beschreibung der Insel bekämen, nachdem die Gefangenen freigelassen wurden. Es wäre dann doch nur eine Frage der Zeit, bis das Piratenversteck gefunden worden wäre.

'Nein Rick', korrigierte ihn Tony. 'Keiner von uns hatte auch nur die leiseste Idee, wo wir waren oder wie die Insel aussah. Man hatte uns bei Nacht hingebracht, mit verbundenen Augen, und dann zur Höhle bei der Bucht geführt. Wir wussten noch nicht einmal, dass wir auf der Seite eines Vulkans waren, bis ihr uns weggeführt habt.'

'Das macht deine Begründung noch glaubhafter', kam Zircons kräftige Stimme. 'Was mich aber verwirrt, ist die Frage, warum die Piraten euch so lange gefangen gehalten haben. Gewöhnlich ist es so, dass man die Opfer nie mehr lebend wiedersieht, wenn das Lösegeld nicht schnell bezahlt wird.'

Rojas antwortete: 'Das trifft generell zu, bin ich mir sicher. Aber wir müssen die Entfernungen berücksichtigen und die schlechten Kommunikationsverbindungen in diesem Teil der Welt. Die Lösegeldforderung betrug zudem eine Million Pesos. Niemand hat das in bar zur Verfügung, selbst ein reicher Mann wie Torres nicht.'

'Er hatte wissen lassen, dass er zahlen würde, aber auch, dass es viele Tage brauchen würde, diese Summe Bargeld in kleinen Scheinen zusammen zu kriegen. Die Frist war bis übermorgen.'

Das Lösegeld wird nun niemals bezahlt werden, überlegte Rick. Man hatte als allererstes Telegramme nach Manila und *Spindrift* geschickt, während Shannon und Torres auf die Krankenstation des Kanonenboots verlegt wurden.

Zircon winkte mit seiner großen Hand. 'Auf jeden Fall ist nun alles vorbei, und Gründe sind jetzt nicht mehr so wichtig. Was machen Sie mit den Piraten, Colonel Rojas, frage ich mich? Ich bin sicher, dass Sie die Hauptinsel säubern können, aber es gibt Gruppen von ihnen auf vielen anderen Inseln.'

Der Polizeioffizier lächelte grimmig. 'Wir werden morgen vor Sonnenaufgang bei Shan sein. Ich kann Ihnen versichern, dass meine Männer und die Matrosen große Freude daran haben werden, dieses kleine Nest auszuräuchern. Was die anderen Gruppen anbelangt, ist das ein schwierigeres Problem.'

'Sie brauchen Spione', sagte Chahda.

'Das ist richtig, stimmte Rojas zu. Jedoch, wenn wir die Hauptinsel erobert haben, gibt es keine zentrale Führung mehr. Ich möchte hinzufügen, dass Paolo Lacson bereits die Davao-Bande zur Strecke gebracht hat.'

'So schnell?', fragte Scotty ungläubig.

'Ja, vor drei Tagen. Die Bagobos hatten Grund, sich vor Racheakten zu fürchten, wisst ihr, und Paulo ist kein Risiko eingegangen. Er hatte eine Einheit mit vollautomatischen Waffen in den Häusern des Dorfes versteckt. Die Piraten haben angegriffen und bekamen einen warmen Empfang.' Diejenigen, die überlebt haben, sind jetzt Gefangene.

'Das ist gut für Major Lacson', sagte Rick. 'Wir waren von seiner Tüchtigkeit beeindruckt. Man sieht, warum.'

'Was ist mit Zamboanga?', fragte Zircon.

'Es gibt dort offensichtlich keine Piratenbande. Captain Lim hat den Moro laufen lassen, aber er ist erneut in Gefangenschaft. Lim hatte ihn wieder festgenommen, direkt als die Order aus Manila kam. Lim glaubt, dass er einer der Hauptanführer der Piraten ist, einmal, weil er euch in Manila persönlich nachspioniert hat und auch, weil er euch dann nach Zamboanga gefolgt ist. Die Bande, die am nächsten an Zamboanga dran ist, ist diejenige, die euch im Kanal erwischen wollte. Ein anderes Kanonenboot durchsucht im Moment die Gegend und versucht, eine Inselkolonie mit Fischern zu orten, wo es zu viele bewaffnete Vintas und zu viele Gewehre gibt.'

'Vielleicht können Sie Piratentauben finden und loslassen, schlug Chahda vor. 'Die Flugzeuge können dann folgen.'

Rojas schaute den ihn nachdenklich an. 'Das ist mal ein nützlicher Gedanke. Ich werde eine allgemeine Anweisung geben, nach Taubenschlägen Ausschau zu halten.'

Tony Briotti kicherte. 'Er ist voller Ideen. Wenn er nun auch eine hat, wie wir die Schuhcreme wieder von Ricks Gesicht herunterkriegen, sodass wir ihn wiedererkennen, können wir den Fall als abgeschlossen betrachten.'

Ein Signal vom Kanonenboot brachte die Unterhaltung zum Erliegen. Shannon und Torres waren bereit, sich wieder der Gruppe anzuschließen. Das gebrochene Bein des Wissenschaftlers war in einem Gipsverband, mit einer stählernen Stütze am Ende, sodass er in ein paar Tagen in der Lage sein würde, herumzulaufen, mit dem Gips und allem. Pete Torres hatte einen ordentlichen Verband an seinem Arm. Der philippinische Schiffsarzt konnte offensichtlich die Kugel aus dem Piratengewehr relativ leicht entfernen.

Als die Gruppe wieder beisammen war, fragte Rojas: 'Wie sind eure Pläne?'

'Zurück nach Manila von Zamboanga aus, und dann nach *Spindrift* mit dem ersten Flugzeug.'

'Geht, wenn ihr wollt', sagte Howard Shannon ruhig. 'Tony und ich haben noch nicht einmal angefangen, mit unserer Arbeit hier. Wir bleiben.'

'Du kannst doch nicht mit einem gebrochenen Bein herumwandern', dröhnte Zircons Stimme.

'Wessen Bein ist das eigentlich', sagte Shannon. 'Und außerdem arbeite ich mit meinem Kopf, nicht mit meinen Beinen.'

Scotty flüsterte Rick zu: 'Wer, glaubst du, wird gewinnen?'

Rick grinste: 'Shannon! Zircon schreit zu laut. Das heißt, er argumentiert nur, um zu beeindrucken.'

Seine Voraussage war richtig. Nach einem weiteren Hin und Her, drehte sich Zircon zu den jungen Männern: 'Wollt ihr auch bei diesen sturen Idioten bleiben?'

'Vielleicht nur kurz', sagte Rick und Scotty nickte zustimmend.

Zircon warf seine Hände in die Luft. 'Nun gut, wenn wir das jetzt alle machen, können wir vielleicht früher zurückkehren.'

Chahda warf ein: 'Das wird vermutlich ein schöner Urlaub. Ich bleibe auch für eine Weile.'

'Wenn ihr alle bleibt, braucht ihr vielleicht einen Führer, nicht wahr?', fragte Elpidio Torres etwas schüchtern.

Die *Spindrifter* starrten ihn an und mussten laut lachen.

Das macht die Entscheidung einstimmig', sagte Rick mit einem Grinsen, 'allerdings nur, wenn Pete die Erlaubnis von seinem Vater bekommt.' Colonel Rojas schaute die Gruppe bewundernd an. 'Euch kann auch nichts aufhalten, ist es nicht so? Noch nicht einmal die Tatsache, dass ihr von Piraten entführt worden seid und für Wochen gefangen gehalten wurdet.'

'Das war gar nicht so schlimm', antwortete Tony Briotti. 'Sie haben und zu Essen gegeben und wir wurden nicht misshandelt, ausgenommen die erste Nacht, wo wir niedergeschlagen wurden. Wir sind gesund genug, wenn man mal von Howards Bein und Petes Arm absieht.

Zircon seufzte. 'Ich nehme an, wir können zurück nach Zamboanga gehen und von vorne anfangen. Wir müssen mit Santos wegen dem vermissten Boot sprechen. Ich hoffe, man kann es wiederfinden, durch diplomatische Kanäle oder sonst irgendwie. Andernfalls bin ich mir sicher, dass die Versicherung das deckt.'

Colonel Rojas hustete. 'Die Strafexpedition gegen Shan wird nicht mehr als zwei Tage dauern, und ich brauche selbst ein wenig Erholung. Ich könnte mich Euch dann anschließen.' Seine Ankündigung wurde mit großer Freude begrüßt.

'Es gibt nur ein Problem, das mich bei diesem Vorhaben beunruhigt', sagte Tony Briotti. 'Howard und ich sind friedliche Leute, auf einer friedlichen Mission. Aber aus langer Erfahrung wissen wir: Wenn Rick und Scotty irgendwo erscheinen, fliegt der Frieden aus dem Fenster.'

'Das hat er schon auf dieser Reise gemacht', erklärte Rick. Wir waren auch nicht diejenigen, die ihn vertrieben hatten.'

'Nein', sagte Tony mit warmer Stimme. 'Wir haben euch noch nicht einmal richtig gedankt; das ist aber nur deshalb, weil Worte dafür nicht ausreichen. Ihr habt dieses Mal den Frieden nicht vertrieben, aber ihr habt ihn sicherlich zurückgebracht!'

Die Rick Brant wissenschaftliche Abenteuer Serie
von John Blaine (Harold L. Goodwin)

insgesamt 24 Bücher

SCIENCE–ADVENTURE STORIES

Rick Brant ist der Junge, der mit seinem Freund Scotty auf einer Insel namens *Spindrift* lebt und bei vielen spannenden Abenteuern und rätselhaften Mysterien dabei ist, die mit Wissenschaft, neuer Technik und Elektronik verbunden sind.

The Rocket's Shadow (1947, The Lost City (1947), Sea Gold (1947), 100 Fathoms Under (1947), The Whispering Box Mystery (1948), The Phantom Shark (1949), Smugglers' Reef (1950), The Caves of Fear (1951), Stairway to Danger (1952), The Golden Skull (1954), The Wailing Octopus (1956), The Electronic Mind Reader (1957), The Scarlet Lake Mystery (1958), **The Pirates of Shan (1958)**, The Blue Ghost Mystery (1960), The Egyptian Cat Mystery (1961), The Flaming Mountain (1962), The Flying Stingaree (1963), The Ruby Ray Mystery (1964), The Veiled Raiders (1965), Rocket Jumper (1966), The deadly Dutchman (1967), Danger Below (1968), The Magic Talisman (1990) ist im Jahre des Todes des Autors in einer Sonderauflage von nur 500 Exemplaren gedruckt worden.

Harold L. Goodwin (John Blaine), ein Regierungsmitarbeiter und Autor, hat diverse weitere Bücher veröffentlicht.